U0686706

中華古籍保護計劃

ZHONG HUA GU JI BAO HU JI HUA CHENG GUO

·成果·

（南朝陳）徐陵　編

明小宛堂本玉臺新詠

國家圖書館出版社

圖書在版編目(CIP)數據

明小宛堂本玉臺新詠 / (南朝陳)徐陵編.—北京:國家圖書館出版社,2018.6(2024.11 重印)

(國學基本典籍叢刊)

ISBN 978-7-5013-6387-2

Ⅰ.①明…　Ⅱ.①徐…　Ⅲ.①古典詩歌—詩集—中國 Ⅳ.①I222

中國版本圖書館 CIP 數據核字(2018)第 061278 號

書　　名　明小宛堂本玉臺新詠
著　　者　(南朝陳)徐陵　編
責任編輯　南江濤
重印編輯　黄　鑫
封面設計　徐新狀

出版發行　國家圖書館出版社(北京市西城區文津街 7 號　100034)
(原書目文獻出版社　北京圖書館出版社)
010-66114536　63802249　nlcpress@nlc.cn(郵購)
網　　址　http://www.nlcpress.com
印　　裝　河北三河弘翰印務有限公司
版次印次　2018 年 6 月第 1 版　2024 年 11 月第 2 次印刷

開　　本　880×1230　1/32
印　　張　6
書　　號　ISBN 978-7-5013-6387-2
定　　價　20.00 圓

《國學基本典籍叢刊》編委會

《國學基本典籍叢刊》前言

國家圖書館出版社（原名書目文獻出版社 北京圖書館出版社）成立三十多年來，出版了大量的中國傳統文化典籍。由於這些典籍的出版往往采用叢書的方式或綫裝形式，供公共圖書館和大學圖書館典藏使用，普通讀者因價格較高、部頭較大，不易購買使用。爲弘揚優秀傳統文化，滿足廣大普通讀者的需求，現將經、史、子、集各部的常用典籍，選擇善本，分輯陸續出版單行本。每書之前均加簡要説明，必要者加編目録和索引，總名《國學基本典籍叢刊》。歡迎讀者提出寶貴意見和建議，以使這項工作逐步完善。

國家圖書館出版社

二〇一六年四月

序　言

《玉臺新詠》是南朝陳代徐陵所編的一部詩歌選集，收録漢魏六朝一百餘位作家共六百七十餘篇作品[一]，分爲十卷：第一卷爲樂府詩，第二卷至第八卷爲五言詩，第九卷爲七言、雜言詩，第十卷爲絶句。

《玉臺新詠》卷首下題署作者官位是『陳尚書左僕射太子少傅』。據此，《玉臺新詠》當作於陳代。但是，自唐代以來，有許多材料否定此説。宋晁公武《郡齋讀書志》著録《玉臺新詠》時，徵引唐代李康成（與李白、杜甫同時代人）《玉臺後集序》稱：『昔陵在梁世，父子俱事東朝，特見優遇。時承平好文，雅尚宮體，故采西漢以來詞人所著樂府艷詩以備諷覽，且爲之序。』劉肅《大唐新

[一]《玉臺新詠》原本的具體篇目今已無從考索，就今天所得到的材料，宋刻《玉臺新詠》收詩情况有三種記載：一是吴兆宜記載的收詩六百九十一首，二是據趙均覆宋刻統計而得的六百五十四首，三是據屠本記録宋本篇數得六百八十九首。這些，與唐人所見《玉臺新詠》收詩六百七十首大體接近。

語》卷三『公直第五』也提到《玉臺新詠》説：『先是，梁簡文帝爲太子，好作艷詩，境乃化之，浸以成俗，謂之宫體。晚年改作，追之不及，乃令徐陵撰《玉臺集》，以大其體。』根據這些材料，明末吴兆宜《玉臺新詠箋注》《四庫全書總目》等并以爲此書編於梁朝蕭綱爲太子期間。至於徐陵陳代官名乃後人所加。還有學者根據《法寶連璧序》所列三十八位編者的排列次序，把《玉臺新詠》的成書年代限定在梁中大通六年（五三四）前後〔二〕。也有學者認爲，《玉臺新詠》成書於陳代的傳統記載未必有誤。相關討論，可以參看拙著《〈玉臺新詠〉研究》第二篇《〈玉臺新詠〉成書年代新證》〔三〕。

《玉臺新詠》是一部詩歌總集，史傳目録多歸入集部總集類。唯有《郡齋讀書志》例外，將《玉臺新詠》與《樂府詩集》《古樂府》并列收入樂類中。這種分類似本於唐朝李康成。如前所引，李氏《玉臺後集序》特别强調該書乃采西漢以來所著樂府艷詩，以備諷覽。晁公武著録《玉臺後集》時説：『唐李康成采梁蕭子範迄唐張赴二百九人所著樂府歌詩六百七十首，以續陵編。』這裏，説《玉臺新詠》收録的是『樂府艷詩』，《玉臺後集》收録的是『樂府歌詩』，强調『樂府』，即從入樂角

〔二〕參見日本學者興膳宏《〈玉臺新詠〉成書考》，譯文載《中國古典文學叢考》第一輯，復旦大學出版社一九八五年版。

〔三〕《〈玉臺新詠〉研究》，中華書局二〇〇〇年版，第六五頁。

度來看《玉臺新詠》。説明《玉臺新詠》之編録，本意在度曲，而非像蕭統那樣有更多的目的性。作爲歌辭，而不是案頭的讀物，《玉臺新詠》所收詩歌，在内容方面主要是以歌詠相思離别爲主要題材，而不可能像《文選》那樣總是表現較爲嚴肅凝重的主題。在形式方面，自然流麗，便於傳唱，而不可能過於雕琢，這些都是由它的性質所決定的。

因爲是從樂府的角度收録古代詩歌，所以，《文選》中許多遺漏的重要詩歌得以入選，比如吴聲歌和西曲歌，還有大量的文人擬樂府，多賴《玉臺新詠》的收録而保存下來。許多傳世已久的作品，也可以用此集作爲校勘，或研究文獻。在聲韵方面，《玉臺新詠》較之《文選》更爲講求，這對於我們研究齊梁詩向隋唐近體詩的演變，具有極重要的參考價值。

《玉臺新詠》現存最早的版本是敦煌石室所藏唐寫本，收在《鳴沙石室古籍叢殘》中，起張華《情詩》第五篇，訖《王明君辭》，凡五十一行，前後尚有殘字七行。書題已佚，據所録諸詩，都在《玉臺新詠》第二卷之末，其次第與今各本相同，由是知爲《玉臺新詠》殘卷。《玉臺新詠》宋刻現已不得一見。現存刻本最早爲明刻，大致可分爲兩大系統，一是明代嘉靖十九年（一五四〇）鄭玄撫刻本系統，嘉靖二十二年張世美刻本、萬曆七年（一五七九）茅元禎刻本、陳垣芳刻本等并源於此。二是宋人陳玉父刻本系統，明代崇禎六年（一六三三）寒山趙均小宛堂覆宋刊本、五雲溪館本及萬曆張嗣修巾箱本等都屬於這個系統，影響最大。所附陳玉父跋云：

右《玉臺新詠集》十卷。幼時至外家李氏，於廢書中得之，舊京本也。宋失一葉，間復多錯謬，版亦時有刓者，欲求他本是正，多不獲。嘉定乙亥，在會稽，始從人借得豫章刻本，財五卷。蓋至刻者中徙，故弗畢也。又聞有得石氏所藏録本者，復求觀之，以補亡校脱。於是其書復全，可繕寫。

由此來看，《玉臺新詠》至少在南宋初年即已殘佚。陳玉父刻本所依據的是豫章刻本，而且僅存五卷。這五卷，據説是『舊京本』，當是指北宋刻本。五卷之中還有缺葉。後五卷是從另一『録本』配齊的。這録本據何而來，是否也是北宋舊本，現已不得而知。

明代馮舒、清代紀曉嵐以迄近現代的學者，對於趙均覆宋本推崇備至，以爲『趙刻要爲天壤祖本矣』（張爾田跋語）。確實，此本確有其他版本所缺少的優勢，比如説，嚴格避宋諱，或缺筆，或换字，可以證明確爲宋人所傳刻。此外，此本收詩共六百五十四首〔二〕，與原本大體接近。唯其如此，此本歷來爲藏書家所珍重，諸家寶之，秘不示人。誠如鄧之誠跋（中國科學院文獻情報中心藏本）稱：『藝風丈昔年見語，世貴趙刻如宋元，其直昂甚，不可問津。』如今，很多善本古籍已歸國有，

〔二〕 由於統計方法不盡相同，各人統計可能篇數有所不同，如徐幹《室思》六章，這裏算作一首，張衡《四愁詩》及傅玄、張載《擬四愁詩》也各以一首來統計。

據《中國古籍善本書目》集部著録，現存趙均刻本《玉臺新詠》，没有任何批校的就多達二十四部，另外，還有前人批校本不下十部，總計三十餘部。

這些所謂趙刻，總體上看，差异并不明顯，但刻印有先後，字詞之間，也時有不同。文學古籍刊行社一九五五年曾據趙均小宛堂覆刊宋陳玉父本《玉臺新詠》加以影印，二〇一〇年又出新版，讀者稱便。此本曾爲徐乃昌所有，後歸向達，現藏北京大學圖書館。據林夕《明寒山趙氏小宛堂刻〈玉臺新詠〉版本之謎》（《讀書》一九九七年第七期）勘對，此本多有補板，錯字迭見。相比較而言，涵芬樓舊藏（見《涵芬樓燼餘書録》）更值得注意。涵芬樓本卷二目録『石崇王昭君辭一首』下無小字『并序』二字。卷六目録『孔翁歸奉湘東王班姬一首』，作『奉』不作『和』，説明係原刻未修印本。涵芬樓本現藏國家圖書館，《中華再造善本》曾予收録。爲便於學術研究的需要，國家圖書館出版社决定重新影印此書，又取國家圖書館另一藏本（索書號A01795，有佚名臨清錢謙益跋）所存趙均跋文補於卷末，并委托我就相關問題略作説明。不當之處，敬請讀者批評。

劉躍進

二〇一八年一月

目録

卷二

卷三

卷六

卷七

卷八

卷九

卷十

據國家圖書館藏明崇禎六年（一六三三）趙均小宛堂刻本影印原書版框高二十一厘米寬十四點二厘米

玉臺新詠

嘉慶十九年十二月朔寧化伊秉綬
獲觀均之藏書題記

嘉慶二十年九月上元王霖借觀于閩南寓廬

嘉慶二十一年八月朔日漢陽葉志詵北平程式金陳務滋同觀

丙子立秋日錢唐屠倬
觀于均之寓齋

同治二年冬至前六日新化鄧瑤伯昭

持贈芋仙時同客安慶

忠州箏庵學人李士棻奉為

廉昉先生瀏覽同治乙丑花朝白門錄別并識

玉臺新詠集并序

陳尚書左僕射太子少傅東海徐陵字孝穆撰

夫凌雲槩日由余之所未窺千門萬戶張衡之所曾賦周王璧臺之上漢帝金屋之中玉樹以珊瑚作枝珠簾以瑇瑁爲押其中有麗人焉其人五陵豪俗充選掖庭四姓良家馳名永巷亦有潁川新市河間觀津本號嬌娥曾名巧笑楚王宮裏無不推其細要衛國佳人俱言訝其纖手閱詩敦禮豈東鄰之自媒婉約風流異西施之被教弟兄協律生小學歌少長河陽由來能舞琵琶新曲無待石崇箜篌雜引非關曹植傳鼓瑟於楊家得吹簫於秦女至若寵聞長樂陳后知而不平畫出天僊閼氏覽而遥妬至如東鄰巧笑來侍寢於更衣西子微顰得横陳於甲帳陪遊馺娑騁纖要於結風長樂鴛鴦奏新聲於度曲妝鳴蟬之薄鬢照墮馬之垂鬟反插金鈿横抽寶樹南都石黛最發雙蛾北地燕支偏開兩靨亦有嶺上僊童分丸魏帝要中寶鳳授曆軒轅金星將婺女爭華麝月與常娥競爽驚鸞冶袖時飄韓掾之香飛燕長裾宜結陳王之珮雖非圖畫入甘泉而不分言異神僊戲陽臺而無別真可謂傾國傾城無對無雙者也加以天時開朗逸思雕華妙解文章尤工詩賦瑠璃硯匣終日隨身翡翠筆牀無時

離手清文滿篋非惟芍藥之花新製連篇寧止蒲萄之樹九日登高時有緣情之作萬年公主非無累德之辭其佳麗也如彼其才情也如此既而椒宮宛轉柘觀陰岑絳鶴晨嚴銅蠡晝靜三星未夕不事懷衾五日猶賒誰能理曲優遊少託寂寞多閑厭長樂之踈鐘勞中宮之緩箭纖腰無力怯南陽之擣衣生長深宮笑扶風之織錦雖復投壺玉女爲觀盡於百嬌爭博齊姬心賞窮於六箸無怡神於暇景惟屬意於新詩庶得代彼皋蘇蠲茲愁疾但往世名篇當今巧製分諸麟閣散在鴻都不藉篇章無由披覽於是然脂暝寫弄筆晨書選錄豔歌凡爲十卷曾無參於雅頌亦靡濫於風人涇渭之閒若斯而已於是麗以金箱裝之寶軸三臺妙迹龍伸蠖屈之書五色華箋河北膠東之紙高樓紅粉仍定魚魯之文辟惡生香聊防羽陵之蠹靈飛太甲高檀玉函鴻烈僊方長推丹枕至如青牛帳裏餘曲既終朱鳥窗前新妝已竟方當開茲縹帙散此縚繩永對翫於書幃長循環於纖手豈如鄧學春秋儒者之功難習竇專黃老金丹之術不成因勝西蜀豪家託情窮於魯殿東儲甲觀流詠止於洞簫變彼諸姬聊同棄日猗歟彤管無或譏焉

玉臺新詠卷第一

陳尚書左僕射太子少傅東海徐陵字孝穆撰

古詩八首

上山采蘼蕪下山逢故夫長跪問故夫新人復何如新人雖言好未若故人姝顏色類相似手爪不相如新人從門入故人從閤去新人工織縑故人工織素織縑日一匹織素五丈餘將縑來比素新人不如故

凜凜歲云暮螻蛄夕鳴悲涼風率已厲遊子寒無衣錦衾遺洛浦同袍與我違獨宿累長夜夢想見容輝良人惟古歡枉駕惠前綏願得常巧笑攜手同車歸既來不須臾又不處重闈諒無晨風翼焉得凌風飛眄睞以適意引領遙相睎

徙倚懷感傷垂涕霑雙扉

冉冉孤生竹結根泰山阿與君爲新婚菟絲附女蘿菟絲生有時夫婦會有宜千里遠結婚悠悠隔山陂思君令人老軒車來何遲傷彼蕙蘭花含英揚光煇過時而不采將隨秋草萎君亮執高節賤妾亦何爲

孟冬寒氣至北風何慘慄愁多知夜長仰觀衆星列三五明月滿四五蟾兎缺客從遠方來遺我一書札上言長相思下言久離別置書懷袖中三歲字不滅一心抱區區懼君不識察

客從遠方來遺我一端綺相去萬餘里故人心尚尒文彩雙鴛鴦裁爲合歡被著以長相思緣以結不解以膠投漆中誰能別離此

四坐且莫諠願聽歌一言請說銅鑪器崔嵬象南山上枝以松柏下根據銅盤彫文各異類離婁自相聯誰能爲此器公輸與魯班朱火然其中青煙颺其間從風入君懷四坐莫不歎香風難久居空令蕙草殘

悲與親友別氣結不能言贈子以自愛道遠會見難人生無幾時顛沛在其間念子棄我去新心有所歡結志青雲上何時復來還

穆穆清風至吹我羅裳裾青袍似春草長條隨風舒朝登津梁山褰裳望所思

安得抱柱信皎日以爲期

古樂府詩六首

日出東南隅照我秦氏樓秦氏有好女自言名羅敷羅敷善蠶桑采桑城南隅青絲爲籠繩桂枝爲籠鉤頭上倭墮髻耳中明月珠緑綺爲下裾紫綺爲上襦觀者見羅敷下擔捋髭鬚少年見羅敷脱巾著帩頭耕者忘其耕鋤者忘其鋤來歸相喜怒但坐觀羅敷使君從南來五馬立踟躕使君遣吏往問此誰家姝秦氏有好女自名爲羅敷羅敷年幾何二十尚未滿十五頗有餘使君謝羅敷寧可共載不羅敷前置辭使君一何愚使君自有婦羅敷自有夫東方千餘騎夫壻居上頭何以識夫壻白馬從驪駒青絲繫馬尾黄金絡馬頭腰間鹿盧劍可直千萬餘十五府小吏二十朝大夫三十侍中郎四十專城居爲人潔白晳鬑鬑頗有鬚盈盈公府步冉冉府中趨坐中數千人皆言夫壻殊　日出東南隅行

相逢狹路間道隘不容車如何兩少年挾轂問君家君家誠易知易知復難忘黄金爲君門白玉爲君堂堂上置樽酒使作邯鄲倡中庭生桂樹華鐙何煌煌兄弟兩三人中子爲侍郎五日一來歸道上自生光黄金絡馬頭觀者滿路傍入門時左顧但見雙鴛鴦鴛鴦七十二羅列自成行音聲何雝雝鶴鳴東西廂大婦織羅

綺中婦織流黃小婦無所作挾瑟上高堂丈人且安坐調絲未遽央　相逢狹路間
天上何所有歷歷種白榆桂樹夾道生青龍對道隅鳳皇鳴啾啾一母將九鶵
顧視世間人爲樂甚獨殊好婦出迎客顏色正敷愉伸腰再拜跪問客平安不
請客北堂上坐客氈氍毹清白各異樽酒上正華疏酌酒持與客客言主人持
却略再拜跪然後持一杯談笑未及竟左顧勑中廚促令辦粗飯慎莫使稽留
廢禮送客出盈盈府中趨送客亦不遠足不過門樞取婦得如此齊姜亦不如
健婦持門戶勝一大丈夫　隴西行
翩翩堂前鷰冬藏夏來見兄弟兩三人流蕩在他縣故衣誰當補新衣誰當綻
賴得賢主人覽取爲吾綻夫婿從門來斜柯西北眄語卿且勿眄水清石自見
石見何纍纍遠行不如歸　豔歌行
皚如山上雪皎若雲間月聞君有兩意故來相決絕今日斗酒會明旦溝水頭
躞蹀御溝上溝水東西流淒淒復淒淒嫁娶不須嗁願得一心人白頭不相離
竹竿何嫋嫋魚尾何簁簁男兒重意氣何用錢刀爲　皚如山上雪
飛來雙白鵠乃從西北來十十將五五羅列行不齊忽然卒疲病不能飛相隨五
里一反顧六里一徘徊吾欲銜汝去口噤不能開吾欲負汝去羽毛日摧頹樂哉新

相知憂來生別離跱躇顧群侶淚落縱橫垂今日樂相樂延年萬歲期 雙白鵠

枚乘雜詩九首

西北有高樓上與浮雲齊交疏結綺窗阿閣三重階上有弦歌聲音響一何悲
誰能爲此曲無乃杞梁妻清商隨風發中曲正徘徊一彈再三歎慷慨有餘哀
不惜歌者苦但傷知音稀願爲雙鴻鵠奮翅起高飛

東城高且長逶迤自相屬回風動地起秋草萋已綠四時更變化歲暮一何速
晨風懷苦心蟋蟀傷局促蕩滌放情志何爲自結束燕趙多佳人美者顏如玉
被服羅裳衣當戶理清曲音響一何悲弦急知柱促馳情整中帶沈吟聊躑躅
思爲雙飛鷰銜泥巢君屋

行行重行行與君生別離相去萬餘里各在天一涯道路阻且長會面安可知
胡馬嘶北風越鳥巢南枝相去日已遠衣帶日已緩浮雲蔽白日遊子不顧反
思君令人老歲月忽已晚棄捐勿復道努力加飱飯

涉江采芙蓉蘭澤多芳草采之欲遺誰所思在遠道還顧望舊鄉長路漫浩浩
同心而離居憂傷以終老

青青河畔草鬱鬱園中柳盈盈樓上女皎皎當窗牖娥娥紅粉妝纖纖出素手

昔爲倡家女今爲蕩子婦蕩子行不歸空牀難獨守
蘭若生春陽涉冬猶盛滋願言追昔愛情款感四時美人在雲端天路隔無期
夜光照玄陰長歎戀所思誰謂我無憂積念發狂癡
庭前有奇樹綠葉發華滋攀條折其榮將以遺所思馨香盈懷袖路遠莫致之
此物何足貴但感別經時
迢迢牽牛星皎皎河漢女纖纖擢素手札札弄機杼終日不成章泣涕零如雨
河漢清且淺相去復幾許盈盈一水間脈脈不得語
明月何皎皎照我羅牀帷憂愁不能寐攬衣起徘徊客行雖云樂不如早旋歸
出戶獨彷徨愁思當告誰引領還入房淚下霑裳衣

李延年歌詩一首并序

李延年知音善歌舞每爲漢武帝作新歌變曲聞者莫不感動延年侍坐上起舞
歌曰北方有佳人絕出而獨立一顧傾人城再顧傾人國傾城復傾國佳人難再得

蘇武詩一首

結髮爲夫婦恩愛兩不疑懽娛在今夕嬿婉及良時征夫懷遠路起視夜何其
參辰皆已沒去去從此辭征役在戰場相見未有期握手一長歎淚爲別生滋

努力愛春華莫忘懽樂時生當復來歸死當長相思

辛延年羽林郎詩一首

昔有霍家姝姓馮名子都依倚將軍勢調笑酒家胡胡姬年十五春日獨當鑪長裾連理帶廣袖合歡襦頭上藍田玉耳後大秦珠兩鬟何窕窕一世良所無一鬟五百萬兩鬟千萬餘不意金吾子娉婷過我廬銀鞍何昱爚翠蓋空踟躕就我求清酒絲繩提玉壺就我求珍肴金盤膾鯉魚貽我青銅鏡結我紅羅裾不惜紅羅裂何論輕賤軀男兒愛後婦女子重前夫人生有新故貴賤不相踰多謝金吾子私愛徒區區

班婕妤怨詩一首并序

昔漢成帝班婕妤失寵供養於長信宮乃作賦自傷并爲怨詩一首

新裂齊紈素鮮潔如霜雪裁爲合歡扇團團似明月出入君懷袖動搖微風發常恐秋節至涼風奪炎熱棄捐篋笥中恩情中道絶

宋子侯董嬌饒詩一首

洛陽城東路桃李生路傍花花自相對葉葉自相當春風東北起花葉正低昂不知誰家子提籠行采桑纖手折其枝花落何飄颺請謝彼妹子何爲見損傷

高秋八九月白露變爲霜終年會飄墮安得久馨香秋時自零落春月復芬芳
何時盛年去懽愛永相忘吾欲竟此曲此曲愁人腸歸來酌美酒挾瑟上高堂

漢時童謡歌一首

城中好高髻四方高一尺城中好大眉四方眉半額城中好廣袖四方用匹帛

張衡同聲歌一首

邂逅承際會遇得充後房情好新交接恐慓若探湯不才勉自竭賤妾職所當
綢繆主中饋奉禮助蒸嘗思爲苑蒻席在下蔽匡牀願爲羅衾幬在上衛風霜
洒埽清枕席鞮芬以狄香重戶結金扃高下華鐙光衣解巾粉御列圖陳枕張
素女爲我師儀態盈萬方衆夫所希見天老教軒皇樂莫斯夜樂沒齒焉可忘

秦嘉贈婦詩三首 幷序

秦嘉字士會隴西人也爲郡上掾其妻徐淑寢疾還家不獲面別贈詩云尔

人生譬朝露居世多屯蹇憂艱常早至懽會常苦晚念當奉時役去尔日遥遠
遣車迎子還空往復空返省書情悽愴臨食不能飯獨坐空房中誰與相勸勉
長夜不能眠伏枕獨展轉憂來如尋環匪席不可卷

皇靈無私親爲善荷天祿傷我與尔身少小罹煢獨既得結大義懽樂若不足

念當遠離別思念敘款曲河廣無舟梁道近隔丘陸臨路懷惆悵中駕正躑躅
浮雲起高山悲風激深谷良馬不回鞍輕車不轉轂針藥可屢進愁思難爲數
貞士篤終始恩義不可屬
肅肅僕夫征鏘鏘揚和鈴清晨當引邁束帶待雞鳴顧看空室中髣髴想姿形
一別懷萬恨起坐爲不寧何用敘我心遺思致款誠寶釵可耀首明鏡可鑒形
芳香去垢穢素琴有清聲詩人感木瓜乃欲答瑶瓊愧彼贈我厚慚此往物輕
雖知未足報貴用敘我情

秦嘉妻徐淑荅詩一首

妾身兮不令嬰疾兮來歸沈滯兮家門歷時兮不差曠廢兮侍覲情敬兮有違
君今兮奉命遠適兮京師悠悠兮離別無因兮敘懷瞻望兮踴躍佇立兮徘徊
思君兮感結夢想兮容煇君發兮引邁去我兮日乖恨無兮羽翼高飛兮相追
長吟兮永歎淚下兮霑衣

蔡邕飲馬長城窟行一首

青青河邊草綿綿思遠道遠道不可思宿昔夢見之夢見在我旁忽覺在他鄉
他鄉各異縣展轉不相見枯桑知天風海水知天寒入門各自媚誰肯相爲言

客從遠方來遺我雙鯉魚呼兒烹鯉魚中有尺素書長跪讀素書書上竟何如
上有加飡食下有長相憶

陳琳飲馬長城窟行一首

飲馬長城窟水寒傷馬骨往謂長城吏慎莫稽留太原卒官作自有程舉築諧
汝聲男兒寧當格鬬死何能怫鬱築長城長城何連連連連三千里邊城多健
少內舍多寡婦作書與內舍便嫁莫留住善事新姑章時時念我故夫子報書
往邊地君今出語一何鄙身在禍難中何爲稽留他家子生男慎莫舉生女哺
用脯君獨不見長城下死人骸骨相撐拄結髮行事君慊慊心意關邊地苦賤
妾何能久自全

徐幹室思一首

沈陰結愁憂愁憂爲誰與念與君生別各在天一方良會未有期中心摧且傷
不聊憂飡食慊慊常飢空端坐而無爲髣髴君容光峩峩高山首悠悠萬里
道君去已日遠鬱結令人老人生一世閒忽若暮春草時不可再得何爲自愁
惱每誦昔鴻恩賤軀焉足保淇浮雲何洋洋願因通我辭飄颻不可寄徙倚徒
相思人離皆復會君獨無反期自君之出矣明鏡暗不治思君如流水何有窮

巳時其三慘慘時節盡蘭華凋復零喟然長歎息君期慰我情展轉不能寐長夜何綿綿躡履起出戶仰觀三星連自恨志不遂泣涕如涌泉其四思君見巾櫛以益我勞勤安得鴻鸞羽覯此心中人誠心亮不遂搔首立悄悄何言一不見復會無因緣故如比目魚今隔如參辰其五人靡不有初想君能終之別來歷年歲舊恩何可期重新而忘故君子所尤譏寄身雖在遠豈忘君須臾既厚不為薄想君時見思其六

情詩一首

高殿鬱崇崇廣廈淒泠泠微風起閨闥落日照階庭踟躕雲屋下嘯歌倚華楹君行殊不返我飾為誰榮鑪薰闔不用鏡匣上塵生綺羅失常色金翠暗無聲嘉肴既忘御旨酒亦常停顧瞻空寂寂惟聞鳥雀聲憂思連相屬中心如宿酲

繁欽定情詩一首

我出東門遊邂逅承清塵思君即幽房侍寢執衣巾時無桑中契迫此路側人我即媚君姿君亦悅我顏何以致拳拳綰臂雙金環何以致慇勤約指一雙銀何以致區區耳中雙明珠何以致叩叩香囊繫肘後何以致契闊繞腕雙跳脫何以結恩情珮玉綴羅纓何以結中心素縷連雙針何以結相於金薄畫搔頭

何以慰別離耳後瑇瑁釵何以荅歡悅紈素三條裾何以結愁悲白絹雙中衣
與我期何所乃期東山隅日旰兮不至谷風吹我襦遠望無所見涕泣起峙𡾊
與我期何所乃期山南陽日中兮不來凱風吹我裳逍遙莫誰覩望君愁我腸
與我期何所乃期西山側日夕兮不來躑躅長歎息遠望涼風至俯仰正衣服
與我期何所乃期山北岑日暮兮不來淒風吹我衿望君不能坐悲苦愁我心
愛身以何爲惜我華色時中情既款款然後尅密期褰衣躡茂草謂君不我欺
廁此醜陋質徙倚無所之自傷失所欲淚下如連絲

古詩無名人爲焦仲卿妻作并序

漢末建安中廬江府小吏焦仲卿妻劉氏爲仲卿母所遣自誓不嫁其家逼之
乃沒水而死仲卿聞之亦自縊於庭樹時傷之爲詩云尒

孔雀東南飛五里一徘徊十三能織素十四學裁衣十五彈箜篌十六誦詩書
十七爲君婦心中常苦悲君既爲府吏守節情不移鷄鳴入機織夜夜不得息
三日斷五匹大人故嫌遲非爲織作遲君家婦難爲妾不堪驅使徒留無所施
便可白公姥及時相遣歸府吏得聞之堂上啟阿母兒已薄祿相幸復得此婦
結髮同枕席黃泉共爲友共事二三年始尒未爲久女行無偏斜何意致不厚

阿母謂府吏何乃太區區此婦無禮節舉動自專由吾意久懷忿汝豈得自由
東家有賢女自名秦羅敷可憐體無比阿母爲汝求便可速遣之遣之慎莫留
府吏長跪答伏惟啓阿母今若遣此婦終老不復取阿母得聞之槌牀便大怒
小子無所畏何敢助婦語吾已失恩義會不相從許府吏默無聲再拜還入戶
舉言爲新婦哽咽不能語我自不驅卿逼迫有阿母卿但暫還家吾今且報府
不久當歸還還必相迎取以此下心意慎勿違吾語新婦謂府吏勿復重紛紜
往昔初陽歲謝家來貴門奉事循公姥進止敢自專晝夜勤作息伶俜縈苦辛
謂言無罪過供養卒大恩仍更被驅遣何言復來還妾有繡腰襦葳蕤自生光
紅羅複斗帳四角垂香囊箱簾六七十綠碧青絲繩物物各自異種種在其中
人賤物亦鄙不足迎後人留待作遺施於今無會因時時爲安慰久久莫相忘
鷄鳴外欲曙新婦起嚴妝著我繡裌裙事事四五通足下躡絲履頭上玳瑁光
腰若流紈素耳著明月璫指如削葱根口如含朱丹纖纖作細步精妙世無雙
上堂拜阿母母聽去不止昔作女兒時生小出野里本自無教訓兼愧貴家子
受母錢帛多不堪母驅使今日還家去念母勞家裏却與小姑別淚落連珠子
新婦初來時小姑如我長勤心養公姥好自相扶將初七及下九嬉戲莫相忘

出門登車去涕落百餘行府吏馬在前新婦車在後隱隱何甸甸俱會大道口
下馬入車中低頭共耳語誓不相隔卿且暫還家去吾今且赴府不久當還歸
誓天不相負新婦謂府吏感君區區懷君既若見録不久望君來君當作盤石
妾當作蒲葦蒲葦紉如絲盤石無轉移我有親父兄性行暴如雷恐不任我意
逆以煎我懷舉手長勞勞二情同依依入門上家堂進退無顔儀阿母大拊掌
不圖子自歸十三教汝織十四能裁衣十五彈箜篌十六知禮儀十七遣汝嫁
謂言無誓違汝今無罪過不迎而自歸蘭芝慙阿母兒實無罪過阿母大悲摧
還家十餘日縣令遣媒來云有第三郎窈窕世無雙年始十八九便言多令才
阿母謂阿女汝可去應之阿女銜淚答蘭芝初還時府吏見丁寧結誓不別離
今日違情義恐此事非奇自可斷來信徐徐更謂之阿母白媒人貧賤有此女
始適還家門不堪吏人婦豈合令郎君幸可廣問訊不得便相許媒人去數日
尋遣丞請還說有蘭家女承籍有宦官云有第五郎嬌逸未有婚遣丞爲媒人
主簿通語言直說太守家有此令郎君既欲結大義故遣來貴門阿母謝媒人
女子先有誓老姥豈敢言阿兄得聞之悵然心中煩舉言爲阿妹作計何不量
先嫁得府吏後嫁得郎君否泰如天地足以榮汝身不嫁義郎體其往欲何云

蘭芝仰頭荅理實如兄言謝家事夫壻中道還兄門處分適兄意那得自任專
雖與府吏要渠會永無緣登即相許和便可作婚姻媒人下牀去諾諾復尒尒
還部白府君下官奉使命言談大有緣府君得聞之心中大歡喜視曆復開書
便利此月內六合正相應良吉三十日今已二十七卿可去成婚交語速裝束
駱驛如浮雲青雀白鵠舫四角龍子幡婀娜隨風轉金車玉作輪躑躅青驄馬
流蘇金鏤鞍齎錢三百萬皆用青絲穿雜彩三百匹交廣市鮭珍從人四五百
鬱鬱登郡門阿母謂阿女適得府君書明日來迎汝何不作衣裳莫令事不舉
阿女默無聲手巾掩口嗁淚落便如瀉移我瑠璃榻出置前窻下左手持刀尺
右手執綾羅朝成繡裌裙晚成單羅衫晻晻日欲暝愁思出門嗁府吏聞此變
因求假暫歸未至二三里摧藏馬悲哀新婦識馬聲躡履相逢迎悵然遥相望
知是故人來舉手拍馬鞍嗟歎使心傷自君別我後人事不可量果不如先願
又非君所詳我有親父母逼迫兼弟兄以我應他人君還何所望府吏謂新婦
賀卿得高遷盤石方可厚可以卒千年蒲葦一時紉便作旦夕間卿當日勝貴
吾獨向黃泉新婦謂府吏何意出此言同是被逼迫君尒妾亦然黃泉下相見
勿違今日言執手分道去各各還家門生人作死別恨恨那可論念與世間辭

千萬不復全府吏還家去上堂拜阿母今日大風寒寒風摧樹木嚴霜結庭蘭
兒今日冥冥令母在後單故作不良計勿復怨鬼神命如南山石四體康且直
阿母得聞之零淚應聲落汝是大家子仕宦於臺閣慎勿爲婦死貴賤情何薄
東家有賢女窈窕豔城郭阿母爲汝求便復在旦夕府吏再拜還長歎空房中
作計乃尒立轉頭向戶裏漸見愁煎迫其日牛馬嘶新婦入青廬菴菴黃昏後
寂寂人定初我命絕今日魂去尸長留攬裙脫絲履舉身赴青池府吏聞此事
心知長別離徘徊庭樹下自挂東南枝兩家求合葬合葬華山傍東西植松柏
左右種梧桐枝枝相覆蓋葉葉相交通中有雙飛鳥自名爲鴛鴦仰頭相向鳴
夜夜達五更行人駐足聽寡婦赴傍徨多謝後世人戒之慎勿忘

玉臺新詠卷第一

玉臺新詠卷第二

魏文帝於清河見輓船士新婚與妻別一首

與君結新婚宿昔當別離涼風動秋草蟋蟀鳴相隨洌洌寒蟬吟蟬吟抱枯枝枯枝時飛揚身體忽遷移不悲身遷移但惜歲月馳歲月無窮極會合安可知願爲雙黃鵠比翼戲清池

又清河作一首

方舟戲長水湛澹自浮沈弦歌發中流悲響有餘音音聲入君懷悽愴傷人心心傷安所念但願恩情深願爲鷐風鳥雙飛翔北林

又甄皇后樂府塘上行一首

蒲生我池中其葉何離離傍能行仁義莫若妾自知衆口鑠黄金使君生別離念君去我時獨愁常苦悲想見君顏色感結傷心脾念君常苦悲夜夜不能寐莫以豪賢故棄捐素所愛莫以魚肉賤棄捐葱與薤莫以麻枲賤棄捐菅與蒯出亦復苦愁入亦復苦愁邊地多悲風樹木何脩脩從軍致獨樂延年壽千秋

劉勳妻王氏雜詩二首并序

王宋者平虜將軍劉勳妻也入門二十餘年後勳悦山陽司馬氏女以宋無子出之還於道中作詩二首

翩翩牀前帳張以蔽光輝昔將尓同去今將尓共歸緘藏篋笥裏當復何時披

誰言去婦薄去婦情更重千里不唾井況乃昔所奉遠望未爲遥踟蹰不得往

曹植雜詩五首

明月照高樓流光正徘徊上有愁思婦悲歎有餘哀借問歎者誰言是客子妻君行踰十年孤妾常獨棲君若淸路塵妾若濁水泥浮沉各異勢會合何時諧願爲西南風長逝入君懷君懷時不開妾心當何依

西北有織婦綺縞何繽紛明晨秉機杼日昃不成文太息終長夜悲嘯入青雲

妾身守空房良人行從軍自期三年歸今已歷九春孤鳥繞樹翔嗷嗷鳴索羣
願爲南流景馳光見我君

微陰翳陽景清風飄我衣遊魚潛綠水翔鳥薄天飛眇眇客行士遥役不得歸
始出嚴霜結今來白露晞遊子歎黍離處者歌式微慷慨對嘉賓悽愴内傷悲
攬衣出中閨逍遥步兩楹閑房何寂寞綠草被階庭空室自生風百鳥翔南征
春思安可忘憂慼與我并佳人在遠道妾身獨單煢歡會難再遇蘭芝不重榮
人皆棄舊愛君豈若平生寄松爲女蘿依水如浮萍束身奉衿帶朝夕不墮傾
儻願終盻眄永副我中情

南國有佳人容華若桃李朝遊江北岸夕宿湘川沚時俗薄朱顔誰爲發皓齒
俛仰歲將暮榮曜難久恃

美女篇

美女妖且閑采桑歧路間長條紛冉冉落葉何翩翩攘袖見素手皓腕約金環
頭上金爵釵腰佩翠琅玕明珠交玉體珊瑚間木難羅衣何飄飄輕裾隨風還
顧眄遺光彩長嘯氣若蘭行徒用息駕休者以忘餐借問女安居乃在城南端
青樓臨大路高門結重關容華耀朝日誰不希令顔媒氏何所營玉帛不時安

佳人慕高義求賢良獨難衆人何嗷嗷安知彼所歡盛年處房室中夜起長歎

種葛篇

種葛南山下葛虆自成陰與君初婚時結髮恩義深歡愛在枕席宿昔同衣衾竊慕棠棣篇好樂和瑟琴行年將晚暮佳人懷異心恩絕曠不接我情遂抑沈出門當何顧徘徊步北林下有交頸獸仰見雙棲禽攀枝長歎息淚下霑羅衿良鳥知我悲延頸對我吟昔爲同池魚今若商與參往古皆歡遇我獨困於今棄置委天命愁愁安可任

浮萍篇

浮萍寄淸水隨風東西流結髮辭嚴親來爲君子仇恪勤在朝夕無端獲罪尤在昔蒙恩惠和樂如瑟琴何意今摧頹曠若商與參茱萸自有芳不若桂與蘭新人雖可愛無若故所歡行雲有反期君恩儻中還慊慊仰天歎愁愁將何愬日月不常處人生忽若遇悲風來入懷淚下如垂露發篋造裳衣裁縫紈與素

棄婦詩一首

石榴植前庭綠葉搖縹青丹華灼烈烈帷彩有光榮光好曄流離可以戲淑靈有鳥飛來集樹翼以悲鳴悲鳴夫何爲丹華實不成拊心長歎息無子當歸寧

有子月經天無子若流星天月相終始流星沒無精棲遲失所宜下與瓦石并
憂懷從中來歎息通鷄鳴反側不能寐逍遥於前庭踟躕還入房肅肅帷幕聲
褰帷更攝帶撫弦彈素箏慷慨有餘音要妙悲且清收淚長歎息何以負神靈
招摇待霜露何必春夏成晚穫爲良實願君且安寧

魏明帝樂府詩二首

昭昭素明月暉光燭我牀憂人不能寐耿耿夜何長微風衝閨闥羅帷自飄颺
攬衣曳長帶縱履下高堂東西安所之徘徊以傍徨春鳥向南飛翩翩獨翱翔
悲聲命儔匹哀鳴傷我腸感物懷所思泣涕忽霑裳

種瓜東井上冉冉自踰垣與君新爲婚瓜葛相結連寄託不肖軀有如倚太山
兔絲無根株蔓延自登緣萍藻託清流常恐身不全被蒙丘山惠賤妾執拳拳
天日照知之想君亦俱然

阮籍詠懷詩二首

二妃遊江濱逍遥從風翔交甫解環珮婉孌有芬芳猗靡情懽愛千載不相忘
傾城迷下蔡容好結中腸感激生憂思萱草樹蘭房膏沐爲誰施其雨怨朝陽
如何金石交一旦更離傷

昔日繁華子安陵與龍陽夭夭桃李花灼灼有暉光悅懌若九春磬折似秋霜
流眄發姿媚言笑吐芬芳攜手等懽愛宿昔同衾裳願爲雙飛鳥比翼共翱翔
丹青著明誓永世不相忘

傅玄青青河邊草篇

青青河邊草悠悠萬里道草生在春時遠道還有期春至草不生期盡歎無聲
感物懷思心夢想發中情夢君如鴛鴦比翼雲間翔既覺寂無見曠如參與商
河洛自用固不如中岳安回流不及反浮雲往自還悲風動思心悠悠誰知者
懸景無停居忽如馳駟馬傾耳懷音響轉目淚雙墮生存無會期要君黃泉下

苦相篇　豫章行

苦相身爲女卑陋難再陳兒男當門戶墮地自生神雄心志四海萬里望風塵
女育無欣愛不爲家所珍長大逃深室藏頭羞見人無淚適他鄉忽如雨絕雲
低頭和顏色素齒結朱脣跪拜無復數婢妾如嚴賓情合同雲漢葵藿仰陽春
心乖甚水火百惡集其身玉顏隨年變丈夫多好新昔爲形與影今爲胡與秦
胡秦時相見一絕踰參辰

有女篇　豔歌行

有女懷芬芳媞媞步東箱蛾眉分翠羽明目發清揚丹唇翳皓齒秀色若珪璋
巧笑露權靨衆媚不可詳容儀希世出無乃古毛嫱頭安金步搖耳繫明月璫
珠環約素腕翠爵垂鮮光文袍綴藻黼玉體映羅裳容華既以豔志節擬秋霜
徽音冠青雲聲響流四方妙哉英媛德宜配侯與王靈應萬世合日月時相望
媒氏陳束帛羔鴈鳴前堂百兩盈中路起若鸞鳳翔凡夫徒踴躍望絕殊參商

朝時篇　怨歌行

昭昭朝時日皎皎晨明月十五入君門一別終華髮同心忽異離曠如胡與越
胡越有會時參辰遼且闊形影無髣髴音聲寂無達纖弦感促柱觸之哀聲發
情思如循環憂來不可遏塗山有餘恨詩人詠采葛蜻蛚吟牀下回風起幽闥
春榮隨露落芙蓉生木末自傷命不遇良辰永乖別已尔可柰何譬如紈素裂
孤雌翔故巢星流光景絕魂神馳萬里甘心要同穴

明月篇

皎皎明月光灼灼朝日暉昔爲春蠶絲今爲秋女衣丹唇列素齒翠彩發蛾眉
嬌子多好言歡合易爲姿玉顏盛有時秀色隨年衰常恐新間舊變故興細微
浮萍無根本非水將何依憂喜更相接樂極自還悲

秋蘭篇

秋蘭蔭玉池池水清且芳芙蓉隨風發中有雙鴛鴦雙魚自踴躍兩鳥時回翔
君期歷九秋與妾同衣裳

西長安行

所思兮何在乃在西長安何用存問妾香㯶雙珠環何用重存問羽爵翠琅玕
今我兮聞君更有兮異心香亦不可燒環亦不可沈香燒日有歇環沈日自深

和班氏詩一首

秋胡納令室三日宦他鄉皎皎潔婦姿泠泠守空房嬿婉不終夕別如參與商
憂來猶四海易感難可防人言生日短愁者苦夜長百草揚春華攘腕采柔桑
素手尋繁枝落葉不盈筐羅衣翳玉體回目流采章君子倦仕歸車馬如龍驤
精誠馳萬里既至兩相忘行人悅令顏請息此樹傍誘以逢郎喻遂下黃金裝
烈烈貞女忿言辭厲秋霜長驅及居室奉金升北堂母立呼婦來歡情樂未央
秋胡見此婦惕然懷探湯負心豈不慙永誓非所望清濁必異源鳧鳳不竝翔
引身赴長流果哉潔婦腸彼夫既不淑此婦亦大剛

張華情詩五首

北方有佳人端坐鼓鳴琴終晨撫管弦日夕不成音憂來結不解我思存所欽
君子尋時役幽妾懷苦心初爲三載別於今久滯淫昔邪生戶牖庭内自成林
翔鳥鳴翠隅草蟲相和吟心悲易感激俛仰淚流衿願託鷐風翼束帶侍衣衾
明月曜清景曨光照玄墀幽人守靜夜回身入空帷束帶俟將朝廓落晨星稀
寐假交精爽覿我佳人姿巧笑媚懽靨聯娟眸與眉寤言增長歎悽然心獨悲
清風動帷簾晨月燭幽房佳人處遐遠蘭室無容光衿懷擁虛景輕衾覆空牀
居懽惜夜促在慼怨宵長撫枕獨吟歎綿綿心內傷
君居北海陽妾在南江陰懸邈脩塗遠山川阻且深承驩注隆愛結分投所欽
銜思守篤義萬里託微心
遊自四野外逍遙獨延佇蘭蕙緣清渠繁華蔭綠渚佳人不在茲取此欲誰與
巢居覺風飄穴處識陰雨未曾遠別離安知慕儔侶

雜詩二首

逍遙遊春宮容與綠池阿白蘋齊素葉朱草茂丹華微風搖茝若增波動芰荷
榮彩曜中林流馨入綺羅王孫遊不歸脩路邈以遐誰與翫遺芳佇立獨咨嗟
荏苒日月運寒暑忽流易同好遊不存苕苕遠離析房櫳自來風戶庭無行迹

蒹葭生牀下蛛蝥網四壁懷思豈不隆感物重鬱積遊鴈比翼翔歸鴻知接翮
來哉彼君子無愁徒自隔

潘岳內顧詩二首

靜居懷所歡登城望四澤春草鬱青青桑柘何奕奕芳林振朱榮綠水激素石
初征冰未泮忽焉振絺綌漫漫三千里迢迢遠行客馳情戀朱顏寸陰過盈尺
夜愁極清晨朝悲終日夕山川信悠永願言良弗獲引領訊歸雲沈思不可釋
獨悲安所慕人生若朝露綿邈寄絕域眷戀想平素爾情既來追我心亦還顧
形體隔不達精爽交中路不見山上松隆冬不易故不見陵澗柏歲寒守一度
無謂希是疎在遠分彌固

悼亡詩三首

荏苒冬春謝寒暑忽流易之子歸窮泉重壤永幽隔私懷誰克從淹留亦何益
僶俛恭朝命回心反初役望廬思其人入室想所歷幃屏無髣髴翰墨有餘跡
流芳未及歇遺挂猶在壁悵怳如或存回遑忡驚惕如彼翰林鳥雙棲一朝隻
如彼遊川魚比目中路析春風緣隙來晨霤承檐滴寢息何時忘沈憂日盈積
庶幾有時衰莊缶猶可擊

嗷嗷窗中月照我室南端清商應秋至溽暑隨節闌凜凜涼風升始覺夏衾單
豈曰無重纊誰與同歲寒歲寒無與同朗月何朧朧展轉盻枕席長簟竟牀空
牀空委清塵室虛來悲風獨無李氏靈彷彿覩尒容撫衿長歎息不覺涕霑胷
霑胷安能已悲懷從中起寢興自存形遺音猶在耳上慙東門吳下媿蒙莊子
賦詩欲言志零落難具紀命也詩柰何長戚自令鄙

石崇王昭君辭一首并序

王明君者本爲王昭君以觸文帝諱故改匈奴盛請婚於漢元帝以後宮良家女子明君配焉昔公主嫁烏孫令琵琶馬上作樂以慰其道路之思其送明君亦必尒也其造新之曲多哀怨之聲故敍之於紙云尒

我本漢家子將適單于庭辭訣未及終前驅已抗旌僕御涕流離轅馬爲悲鳴
哀鬱傷五內泣淚霑珠纓行行日已遠乃造匈奴城延我於穹廬加我閼氏名
殊類非所安雖貴非所榮父子見陵辱對之慙且驚殺身良未易默默以苟生
苟生亦何聊積思常憤盈願假飛鴻翼乘之以遐征飛鴻不我顧佇立以屏營
昔爲匣中玉今爲糞上英朝華不足歡甘爲秋草并傳語後世人遠嫁難爲情

左思嬌女詩一首

吾家有嬌女皎皎頗白皙小字爲紈素口齒自清歷鬢髮覆廣額雙耳似連璧
明朝弄梳臺黛眉類埽跡濃朱衍丹脣黄吻瀾漫赤嬌語若連瑣忿速乃明憓
握筆利彤管篆刻未期謚執書愛綈素誦習矜所獲其姊字惠芳面目粲如畫
輕粧喜縷邊臨鏡忘紡績舉觶擬京兆立的成復易玩弄眉頰間劇兼機杼役
從容好趙舞延袖像飛翮上下弦柱際文史輒卷襞顧眄屛風畫如見已指擿
丹青日塵闇明義爲隱賾馳騖翔園林菓下皆生摘紅葩掇紫蔕萍實驟抵擲
貪華風雨中倐眒數百適務躡霜雪戲重綦常累積并心注肴饌端坐理盤槅
翰墨戢函按相與數離逖動爲鑪鉦屈屣履任之適止爲荼菽據吹吁對鼎鑠
脂膩漫白袖烟熏染阿錫衣被皆重池難與沈水碧任其孺子意羞受長者責
瞥聞當與杖掩淚俱向壁

玉臺新詠卷第二

玉臺新詠卷第三

陸機擬古七首

高樓一何峻苕苕峻而安綺窗出塵冥飛階躡雲端佳人撫琴瑟纖手清且閑芳草隨風結哀響馥若蘭玉容誰能顧傾城在一彈佇立望日昃躑躅再三歎不怨佇立久但願歌者歡思駕歸鴻羽比翼雙飛翰

擬西北有高樓

西山何其峻曾曲鬱崔嵬零露彌天墜蕙葉憑林衰寒暑相因襲時逝忽如遺三閭結飛轡太耋嗟落暉曷爲牽世務中心悵有違京雒多妖麗玉顏侔瓊蕤閑夜撫鳴琴惠音清且悲長歌赴促節哀響逐高徽一唱萬夫歎再唱梁塵飛思爲河曲鳥雙遊豐水湄

擬東城高且長

嘉樹生朝陽凝霜封其條執心守時信歲寒不敢凋美人何其曠灼灼在雲霄

隆想彌年時長嘯入風飄引領望天末譬彼向陽翹　擬蘭若生春陽

炤炤天漢暉粲粲光天步牽牛西北回織女東南顧華容一何綺揮手如振素怨彼河無梁悲此年歲暮跂彼無良緣睆焉不得度引領望大川雙涕如沾露　擬苕苕牽牛星

靡靡江離草熠燿生河側皎皎彼姝女阿那當軒織粲粲妖容姿灼灼華美色良人遊不歸偏棲獨隻翼空房來悲風中夜起歎息　擬青青河畔草

歡友蘭時往苕苕匿音徽虞淵引絕景四節遊若飛芳草久已茂佳人竟不歸躑躅遵林渚惠風入我懷感物戀所歡采此欲貽誰　擬庭中有奇樹

上山采瓊蕊穹谷饒芳蘭采采不盈掬悠悠懷所歡故鄉一何曠山川阻且難沈思鍾萬里躑躅獨吟歎　擬涉江采芙蓉

爲顧彦先贈婦二首

辭家遠行遊悠悠三千里京洛多風塵素衣化爲緇循身悼憂苦感念同懷子隆思亂心曲沈歡滯不起歡沈難克興心亂誰爲理願假歸鴻翼飜飛浙江汜

東南有思婦長歎充幽闥借問歎何爲佳人眇天末遊宦久不歸山川脩且闊形影參商乖音息曠不達離合非有常譬彼弦與筈願保金石志慰妾長飢渴

周夫人贈車騎一首

碎碎織細練爲君作繻襦君行豈有顧憶君是妾夫昔者得君書聞君在高平今時得君書聞君在京城京城華麗所璀粲多異端男兒多遠志豈知妾念君昔者與君別歲聿薄將暮日月一何速素秋墜湛露湛露何冉冉思君隨歲晚對食不能飡臨觴不能飯

樂府三首

榑桑升朝暉照此高臺端高臺多妖麗洞房出清顔淑貌曜皎日惠心清且閑美目揚玉澤蛾眉象翠翰鮮膚一何潤彩色若可餐窈窕多容儀婉媚巧笑言暮春春服成粲粲綺與紈金雀垂藻翹瓊珮結瑤璠方駕揚清塵濯足洛水瀾藹藹風雲會佳人一何繁南崖充羅幕北渚盈軿軒清川含藻影高岸被華丹馥馥芳袖揮泠泠纖指彈悲歌吐清音雅舞播幽蘭丹脣含九秋妍迹淩七盤赴曲迅驚鴻蹈節如集鸞綺態隨顔變沈姿無定源俯仰紛阿那顧步咸可歡遺芳結飛飈浮景映清湍冶容不足詠春遊良可歎

豔歌行

遊僊聚靈族高會曾山阿長風萬里舉慶雲鬱嵯峨宓妃興洛浦王韓起泰華北徵瑤臺女南要湘川娥肅肅霄駕動翩翩翠蓋羅羽旗棲瓊鸞玉衡吐鳴和

大容揮高弦洪崖發清歌獻酬既已周輕軒垂紫霞總轡槫桑枝濯足湯谷波
清暉溢天門垂慶惠皇家　前緩聲歌
江蘺生幽渚微芳不足宣被蒙風雨會移君華池邊發藻玉臺下垂影滄浪淵
霑潤既已渥結根奧且堅四節遊不處華繁難久鮮淑氣與時殞餘芳隨風捐
天道有遷易人理無常全男懽智傾愚女愛衰避妍不惜微軀退但懼蒼蠅前
願君廣末光照妾薄暮年　塘上行

陸雲爲顧彥先贈婦往反四首

我在三川陽子居五湖陰山海一何曠譬彼飛與沈目想清惠姿耳存淑媚音
獨寐多遠念寤言撫空衿彼美同懷子非爾誰爲心
悠悠君行邁煢煢妾獨止山河安可踰永隔路萬里京室多妖冶粲粲都人子
雅步嫋纖腰巧笑發皓齒佳麗良可羨衰賤焉足紀遠蒙眷顧言銜恩非望始
翩翩飛蓬征鬱鬱寒木榮遊止固殊性浮沈豈一情隆愛結在昔信誓貫三靈
秉心金石固豈從時俗傾美目逝不顧纖腰徒盈盈何用結中款仰指北辰星
浮海難爲水遊林難爲觀容色貴及時朝華忌日晏皎皎彼姝子灼灼懷春粲
西城善雅舞總章饒清彈鳴簧發丹脣朱弦繞素腕輕裾猶電揮雙袂如霞散

華容溢藻幄哀響入雲漢知音世所希非君誰能讚棄置北辰星問此玄龍煥
時暮勿復言華落理必賤

張協雜詩一首

秋夜涼風起清氣蕩暄濁蜻蛚吟階下飛蛾拂明燭君子從遠役佳人守煢獨
離居幾何時鑽燧忽改木房櫳無行迹庭草萋已綠青苔依空牆蜘蛛網四屋
感物多所懷沈憂結心曲

楊方合歡詩五首

虎嘯谷風起龍躍景雲浮同聲好相應同氣自相求我情與子親譬如影追軀
食共並根穗飲共連理杯衣用雙絲絹寢共無縫綢居願接膝坐行願攜手趨
子靜我不動子遊我無留齊彼同心鳥譬此比目魚情至斷金石膠漆未爲牢
但願長無別合形作一軀生爲併身物死爲同棺灰秦氏自言至我情不可儔
磁石招長針陽燧下炎煙宮商聲相和心同自相親我情與子合亦如影追身
寢共織成被絮用同功綿暑搖比翼扇寒坐併肩氈子笑我必哂子慼我無懽
來與子共迹去與子同塵齊彼蛩蛩獸舉動不相捐惟願長無別合形作一身
生有同室好死成併棺民徐氏自言至我情不可陳

獨坐空室中愁有數千端悲響答愁歎哀涕應苦言彷偟四顧望白日入西山
不覩佳人來但見飛鳥還飛鳥亦何樂夕宿自作羣
飛黃銜長轡翼翼回輕輪俯涉綠水澗仰過九層山脩途曲且險秋草生兩邊
黃華如沓金白華如散銀青敷羅翠彩絳葩象赤雲爰有承露枝紫榮含素芬
扶踈垂清藻布翹芳且鮮目爲艷彩回心爲奇色旋撫心悼孤客俯仰還自憐
峙嶹向壁歎攬筆作此文
南隣有奇樹承春挺素華豐翹被長條綠葉蔽朱柯因風吐微音芳氣入紫霞
我心羨此木願徙著余家夕得遊其下朝得弄其葩尔根深且堅余宅淺且洿
移植良無期歎息將如何

王鑒七夕觀織女一首

牽牛悲殊館織女悼離家一稔期一宵此期良可嘉赫奕玄門開飛閣鬱嵯峩
隱隱驅千乘闐闐越星河六龍奮瑤轡文螭負瓊車火丹秉瑰燭素女執瓊華
絳旗若吐電朱蓋如振霞雲韶何嘈嗷靈鼓鳴相和亭軒紆高盼眷子在岌峩
澤因芳露霑恩附蘭風加明發相從遊翩翩鸞鷟羅同遊不同觀念子憂怨多
敬因三祝末以尔屬皇娥

李充嘲友人一首

同好齊歡愛纏綿一何深子既識我情我亦知子心嬿婉歷年歲和樂如瑟琴良辰不我俱中闊似商參尔隔北山陽我分南川陰嘉會罔克從積思安可任目想妍麗姿耳存清媚音脩晝興永念遥夜獨悲吟逝將尋行役言別涕霑衿願尔降玉趾一顧重千金

曹毗夜聽擣衣一首

寒興御紈素佳人理衣衾冬夜清且永皓月照堂陰纖手疊輕素朗杵叩鳴砧清風流繁節回飈灑微吟嗟此往運速悼彼幽滯心二物感余懷豈但聲與音

陶潛擬古一首

日暮天無雲春風扇微和佳人美清夜達曙酣且歌歌竟長歎息持此感人多明明雲間月灼灼葉中花豈無一時好不久當如何

荀昶樂府二首

朝發邯鄲邑暮宿井陘間井陘一何狹車馬不得旋邂逅相逢值崎嶇交一言一言不容多伏軾問君家君家誠難知難知復易博南面平原居北趨相如閣飛樓臨夕都通門枕華郭入門無所見但見雙棲鶴棲鶴數十雙鴛鴦羣相追

大兄珥金鐺中兄振纓緌伏臘二來歸鄰里生光輝小弟無所作鬬鷄東陌逵
大婦織紈綺中婦縫羅衣小婦無所作挾瑟弄音徽丈人且卻坐梁塵將欲飛

擬相逢狹路間

熒熒山上火苕苕隔隴左隴左不可至精爽通寤寐寤寐衾幬同忽覺在他邦
他邦各異邑相逐不相及迷墟在望煙木落知冰堅升朝各自進誰肯相攀牽
客從北方來遺我端弋綈命僕開弋綈中有隱起珪長跪讀隱珪辭苦聲亦悽
上言各努力下言長相懷

擬青青河邊草

王微雜詩二首

桑妾獨何懷傾筐未盈把自言悲苦多排卻不肯捨妾悲叵陳訴塡憂不消治
寒鴈歸所從半塗失憑愬假壯情抃驅馳猛氣捍朝社常懷雪漢慙常欲復周雅
重名好銘勒輕軀願圖寫萬里度沙漠懸師蹈朔野傳聞兵失利不見來歸者
奚處埋旍麾何處喪車馬拊心悼恭人零淚覆面下徒謂久別離不見長孤寡
寂寂揜高門寥寥空廣廈待君竟不歸收顏今就樻

思婦臨高臺長想憑華軒弄弦不成曲哀歌若送言箕帚留江介良人處鴈門
詎憶無衣苦但知狐白溫日暗牛羊下野雀滿空園孟冬寒風起東壁正中昏

朱火獨照人抱景自愁怨誰知心曲亂所思不可論

謝惠連七月七日詠牛女

落日隱簷楹升月照房櫳團團滿葉露析析振條風蹀足循廣塗瞬目矖曾穹雲漢有靈匹彌年闕相從遐川阻暱愛脩渚曠淸容弄杼不成彩聳轡驚前蹤昔離秋已兩今聚夕無雙傾河易回斡款顏難久悰沃若靈駕旋寂寥雲幄空留情顧華寢遙心逐奔龍沈吟爲尒感情深意彌重

擣衣

衡紀無淹度晷運倏如催白露滋園菊秋風落庭槐肅肅莎雞羽烈烈寒螿啼夕陰結空幕宵月皓中閨美人戒常服端飾相招攜簪玉出北房鳴金步南階欄高砧響發楹長杵聲哀微芳起兩袖輕汗染雙題紈素旣已成君子行不歸裁用笥中刀縫爲萬里衣盈篋自予手幽緘俟君開要帶準疇昔不知今是非

代古

客從遠方來贈我鵠文綾貯以相思篋緘以同心繩裁爲親身服著以俱寢興別來經年歲歡心不可凌寫酒置井中誰能辯斗升合如桮中水誰能判淄澠

劉鑠雜詩五首

眇眇凌羨道遥遥行遠之回車背京里揮手於此辭堂上流塵生庭中綠草滋
寒螿翔水曲秋兔依山基芳年有華月佳人無還期日夕涼風起對酒長相思
悲發江南調憂委子衿詩臥看明鐙晦坐見輕紈緇淚容曠不飾幽鏡難復治
願垂薄暮景照妾桑榆時　代行行重行行
落宿半遥城浮雲藹曾闕玉宇來清風羅帳延秋月結思想伊人沈憂懷明發
誰謂行客遊屢見流芳歇河廣川無梁山高路難越　代明月何皎皎
白露秋風始秋風明月初明月照高樓白露皎玄除迨及涼雲起行見寒林踈
客從遠方至贈我千里書先敘懷舊愛末陳久離居一章意不盡三復情有餘
願遂平生眷無使甘言虛　代孟冬寒氣至
淒淒含露臺肅肅迎風館思女御櫺軒哀心徹雲漢端撫悲弦泣獨對明鐙歎
良人久徭役耿介終昏旦楚楚秋水歌依依采菱彈　代青青河畔草
秋動清氛扇火移炎氣歇廣欄含夜陰高軒通夕月安步巡芳林傾望極雲闕
組幕縈漢陳龍駕凌霄發誰云長河遥頗覺促筵越沈情未申寫飛光已飄忽
來對眇難期今歡自茲沒　詠牛女

玉臺新詠卷第三

玉臺新詠
二

丙子冬十月望陽湖劉嗣綰懷寧丁良嗣甘泉汪喜孫陽城張傑采

鶴山馮啟蓁同觀於宋玉帶樓

玉臺新詠卷第四

王僧達七夕月下一首

遠山斂氛祲廣庭揚月波氣往風集隙秋還露泫柯節期既已孱中宵振綺羅來歡詎終夕收淚泣分河

顔延之爲織女贈牽牛

婺女儷經星常娥棲飛月慙無二媛靈託身侍天闕閶闔殊未暉咸池豈沐髮漢陰不久張長河爲誰越雖有促讌期方須涼風發虛計雙曜周空遲三星沒非怨杼軸勞但念芳菲歇

秋胡詩一首

椅梧傾高鳳寒谷待鳴律影響豈不懷自遠每相匹婉彼幽閑女作嬪君子室峻節貫秋霜明豔侔朝日嘉運既我從欣願自此畢燕居未及好良人顧有

違脫巾千里外結綬登王畿戒徒在昧旦左右來相依驅車出郊郭行路正威遲存爲久離別沒爲長不歸其二嗟余怨行役三陟窮晨暮嚴駕越風寒解鞍犯霜露原隰多悲涼迴飈卷高樹離獸起荒蹊驚鳥縱橫去悲哉遊宦子勞此山川路其三迢遙行人遠婉轉年運徂良時爲此別日月方向除孰知寒暑積僶俛見榮枯歲暮臨空房涼風起坐隅寢興日已寒白露生庭蕪其四勤役從歸願反路遵山河昔辭秋未素今也歲載華蠶月觀時暇桑野多經過佳人從所務窈窕援高柯傾城誰不顧弭節停中阿其五年往誠思勞事遠闊音形雖爲五載別相與昧平生捨車遵往路鳧藻馳自成南金豈不重聊自意所輕義心多苦調密此金玉聲其六高節難久淹朅來空復辭遲遲前塗盡依依造門基上堂拜嘉慶入室問何之日暮行采歸物色桑榆時美人望昏至慙歎前相持其七有懷誰能已聊用申苦難離居殊年歲一別阻河關春來無時豫秋至應早寒明發動愁心閨中起長歎慘悽歲方晏日落遊子顏其八高張生絕弦聲急由調起自昔枉光塵結言固終始如何久爲別百行愆諸己君子失時義誰與偕沒齒媿彼行露詩甘之長川氾其九

鮑昭翫月城西門

始見西南樓纖纖如玉鉤末映東北墀娟娟似娥眉娥眉蔽珠櫳玉鉤隔綺窻
三五二八時千里與君同夜移衡漢落徘徊帷幌中歸華先委露別葉早辭風
客遊猒苦辛仕子倦飄塵沐澣自公日晏慰及私辰蜀琴抽白雪郢曲繞陽春
肴乾酒未缺金壺啓夕輪回軒駐輕蓋留酌待情人

代京雒篇

鳳樓十二重四戶八綺窻繡桷金蓮花桂柱玉盤龍珠簾無隔露羅幌不勝風
寶帳三千萬爲尔一朝容揚芬紫煙上垂彩緑雲中春吹回白日霜歌落塞鴻
但懼秋塵起盛愛逐衰蓬坐視青苔滿臥對錦筵空琴筑縱橫散舞衣不復縫
古來皆歇薄君意豈獨濃惟見雙黃鵠千里一相從

擬樂府白頭吟

直如朱絲繩清如玉壺冰何慚宿昔意猜恨坐相仍人情賤恩舊世義逐衰興
毫髮一爲瑕丘山不可勝食苗實碩鼠點白信蒼蠅鳧鵠遠成美薪芻前見凌
申黜褒女進班去趙姬昇周王日淪惑漢帝益嗟稱心賞猶難恃貌恭豈易憑
古來共如此非君獨撫膺

采桑詩

季春梅始落女工事蠶作采桑淇洧間還戲上宮閣早蒲時結陰晚篁初解籜
藹藹霧滿閨融融景盈幕乳鷰逐草蟲巢蜂拾花蘂是節最暄妍佳服又新爍
歛歎對回塗揚歌弄場藿摺琴試佇思薦珮果誠託承君郢中美服義久心諾
衛風古愉豔鄭俗舊浮薄虛願悲渡湘空賦笑灑洛盛明難重來淵意為誰涸
君其且調弦桂酒妾行酌

寱還詩

銜淚出郭門撫劒無人逵沙風闇塞起離心眷鄉畿夜分就孤枕寱想暫言歸
孀婦當戶笑搔絲復鳴機慊款論久別相將還綺幃靡靡簷下涼朧朧窗裏煇
刈蘭爭芬芳采菊競葳蕤開匳集香蘇探袖解纓徽寐中長路近覺後大江違
驚起空歎息恍忽神魂飛白水漫浩浩高山壯巍巍波潮異往復風霜改榮衰
此土非吾土慷慨當訴誰

擬古

河畔草未黃胡鴈已矯翼秋蛩扶戶吟寒婦晨夜織去歲征人還流傳舊相識
聞君上隴時東望久歎息宿昔衣帶改旦暮異容色念此憂如何夜長憂向多
明鏡塵匣中寶琴生網羅

詠鷰

雙鷰戲雲崖羽翮始差池出入南閨裏經過北堂垂意欲巢君幕層楹不可窺
沈吟芳歲晚徘回韶景移悲歌辭舊愛銜泥覓新知

贈故人

寒灰滅更然夕華晨更鮮春冰雖暫解冬泳復還堅佳人捨我去賞愛長絶縁
歡至不留時毎感輒傷年

雙劒將別離先在匣中鳴煙雨交將夕從此遂分形雌沈呉江水雄飛入楚城
呉江深無底楚城有崇扃一爲天地別豈直阻幽明神物終不隔千祀儻還幷

王素學阮步兵體

沈情發遐慮紆欝懷所思朅來聞簫管鳴鳳接嬴姬聯綿共雲翼嬿婉相攜持
寄言芳華士寵利不常期涇渭分清濁視彼谷風詩

呉邁遠擬樂府四首

可憐雙白鶴雙雙絶塵氛連翩弄光景交頸遊青雲逢羅復逢繳雌雄一旦分
哀聲流海曲孤叫出江濆豈不慕前侶爲尓不及羣步步一零淚千里猶待君
樂哉新相知悲矣生別離持此百年命共逐寸陰移譬如空山草零落心

自知　飛來雙白鵠

百里望咸陽知是帝京域綠樹搖雲光春城起風色佳人愛景華流靡園塘側妍姿豔月映羅衣飄蟬翼宋玉歌陽春巴人長歎息雅鄭不同賞那令君愴惻生平重愛惠私自憐何極　陽春曲

生離不可聞況復長相思如何與君別當我盛年時蕙花每搖蕩妾心空自持榮乏草木歡悴極霜露悲富貴身難老貧賤年易衰持此斷君腸君亦宜自疑淮陰有逸將折翮謝翻飛楚亦扛鼎士出門不得歸正爲隆準公杖劍入紫微君才定何如白日下爭暉　長別離

晨有行路客依依造門端人馬風塵色知從河塞還時我有同棲結宦遊邯鄲將不異客十分飢復共寒煩君尺帛書寸心從此單遣妾長憔悴豈復歌笑顏簷隱千霜樹庭枯十載蘭經春不舉袖秋落寧復看一見願道意君門已九關虞卿棄相印擔簦爲同歡閨陰欲早霜何事空盤桓　長相思

鮑令暉擬青青河畔草

褭褭臨窻竹藹藹垂門桐灼灼青軒女泠泠高臺中明志逸秋霜玉顏豔春紅

人生誰不別恨君早從戎鳴弦慙夜月紺黛羞春風

擬客從遠方來

客從遠方來，贈我漆鳴琴。木有相思文，弦有別離音。終身執此調，歲寒不改心。
願作陽春曲，宮商長相尋。

題書後寄行人

自君之出矣，臨軒不解顏。砧杵夜不發，高門晝常關。帳中流熠燿，庭前華紫蘭。
物枯謝節異，鴻來知客寒。遊用暮冬盡，除春待君還。

古意贈今人

寒鄉無異服，衣氈代文練。月月望君歸，年年不解綖。荊楊春早和，幽冀猶霜霰。
北寒妾已知，南心君不見。誰爲道辛苦，寄情雙飛鷰。形迫杼煎絲，顏落風催電。
容華一朝盡，惟餘心不變。

代葛沙門妻郭小玉詩

明月何皎皎，垂幌照羅茵。若共相思夜，知同憂怨晨。芳華豈矜貞，霜露不憐人。
君非青雲逝，飄迹事咸秦。妾持一生淚，經秋復度春。
君子將徭役，遺我雙題錦。臨當欲去時，復留相思枕。題用常著心，枕以憶同寢。
行行日已遠，轉覺思彌甚。

丘巨源詠七寶扇

妙縞貴東夏巧媛出吴闉裁狀白玉璧縫似明月輪表裏鏤七寶中銜駭鷄珍
畫作景山樹圖爲河洛神來延揮握玩入與鐶釧親生風長袖際晞華紅粉津
拂眄迎嬌意隱映含歌人時移務忘故節改競存新卷情隨象簟舒心謝錦茵
𠍪歇何足道敬哉先後晨

聽隣妓

披衽乏遊術憑軾寡文才蓬門長自寂虛席視生埃貴里臨妝館東隣歌吹臺
雲閒嬌響徹風末豔聲來飛華瑶翠幄揚芬金碧梧久絕中州美從念尸鄉灰
遺情悲近世中山安在哉

王元長古意

遊禽暮知反行人獨不歸坐銷芳草氣空度明月輝嚬容入朝鏡思淚點春衣
巫山彩雲没淇上緑條稀待君竟不至秋鴈雙雙飛
霜氣下孟津秋風度函谷念君凄已寒當軒卷羅縠纖手廢裁縫曲鬢罷膏沐
千里不相聞寸心鬱紛氛況復飛螢夜木葉亂紛紛

詠琵琶

抱月如可明懷風殊復清絲中傳意緒花裏寄春情掩抑有奇態悽鏘多好聲
芳袖幸時拂龍門空自生

詠幔

幸得與珠綴冪歷君之楹月映不辭卷風來輒自輕每聚金鑪氣時駐玉琴聲
俱願致尊酒蘭釭當夜明

巫山高

響像巫山高薄暮陽臺曲煙霞乍舒卷蘅芳時斷續彼美如可期寤言紛在屬
撫然坐相思秋風下庭綠

謝朓贈王主簿

日落窗中坐紅妝好顏色舞衣辟未縫流黃復不織蜻蛉草際飛遊蜂花上食
一遇長相思願寄連翩翼
清吹要碧玉調弦命綠珠輕歌急綺帶含笑解羅襦餘曲詎幾許高駕且踟躕
徘徊韶景暮惟有洛城隅

同王主簿怨情

掖庭聘絕國長門失歡讌相逢詠蘼蕪辭寵悲團扇花叢亂數蝶風簾入雙燕

徒使春帶賒坐惜紅顏變平生一顧重夙昔千金賤故人心尚永故心人不見

夜聽妓

瓊閨釧響聞瑤席芳塵滿要取洛陽人共命江南管情多舞態遲意傾歌弄緩
知君密見親寸心傳玉腕

上客光四座佳麗直千金挂釵報纓絕墮珥答琴心蛾眉已共笑清香復入襟
夜樂夜方靜翠帳垂沈沈

詠邯鄲故才人嫁為廝養卒婦

生平宮閤裏出入侍丹墀開笥方羅縠窺鏡比蛾眉初別意未解去久日生悲
顦顇不自識嬌羞餘故姿夢中忽髣髴猶言承讌私

秋夜

秋夜促織鳴南隣擣衣急思君隔九重夜夜空佇立北窻輕幔垂西戶月光入
何知白露下坐視前階濕誰能長分居秋盡冬復及

雜詠五首

發翠斜漢裏蓄寶宕山峰擂莖類僊掌銜光似燭龍飛蛾再三繞輕花四五重
孤對相思夕空照舞衣縫　　鐙

杏梁賔未散桂宮明欲沈曖色輕帷裏低光照寳琴徘徊雲髩影灼爍綺踈金
恨君秋月夜遺我洞房陰

燭

本生朝夕池落景照參差汀洲蔽杜若幽渚奪江離遇君時采擷玉座奉金巵
但願羅衣拂無使素塵彌

席

玲瓏類丹檻苕亭似玄闕對鳳懸清冰垂龍挂明月照粉拂紅妝插花埋雲髮
玉顏徒自見常畏君情歇

鏡臺

新葉初苒苒初蕊新霏霏逢君後園讌相隨巧笑歸親勞君玉指摘以贈南威
用持插雲髻翡翠比光輝日暮長零落君恩不可追

落梅

陸厥中山王孺子妾歌

如姬寢臥內班妾坐同車洪波陪飲帳林光晏秦餘歲暮寒飈及秋水落芙蕖
子瑕矯後駕安陵泣前魚賤妾終已矣君子定焉如

施榮泰雜詩

趙女脩麗姿燕姬正容飾妝成桃毀紅黛起草慙色羅裘數十重猶輕一蟬翼
不言縠袖輕專歎風多力鏘珮玉池邊弄笑銀臺側折柳貽目成插蒲贈心識
來時嬌未盡還去媚何極

玉臺新詠卷苐四

玉臺新詠卷第五

江淹四首　丘遲二首　沈約二十四首
柳惲九首　江洪四首　高爽一首
鮑子卿二首　何子朗三首　范靖婦四首
何遜一十一首　王樞三首　庾丹二首

江淹古體

遠與君別者乃至鴈門關黃雲蔽千里遊子何時還送君如昨日檐前露已團不惜蕙草晚所悲道里寒君子在天涯妾心久別離願一見顏色不異瓊樹枝兔絲及水萍所寄終不移

班婕妤

紈扇如團月出自機中素畫作秦王女乘鸞向煙霧彩色世所重雖新不代故竊悲涼風至吹我玉階樹君子恩未畢零落在中路

張司空離情

秋月映簾櫳懸光入丹墀佳人撫鳴琴清夜守空帷蘭徑少行迹玉臺生網絲夜樹發紅彩閨草含碧滋羅綺爲君整萬里贈所思願垂湛露惠信我皎日期

休上人怨別

西北秋風至楚客心悠哉日暮碧雲合佳人殊未來露彩方泛豔月華始徘徊寶書爲君掩瑤琴詎能開相思巫山渚悵望雲陽臺金鑪絕沈燎綺席徧浮埃桂水日千里因之平生懷

丘遲敬詶柳僕射征怨

清歌自言妍雅舞空仙仙耳中解明月頭上落金鈿雀飛且近遠暮入綺窻前魚戲雖南北終還荷葉邊惟見君行久新年非故年

荅徐侍中爲人贈婦

丈夫吐然諾受命本遺家糟糠且棄置蓬首亂如麻側聞洛陽客金蓋翼高車謁帝時來下光景不可奢幽房一洞啓二八盡芬華羅裾有長短翠鬢無低斜長眉横玉臉皓腕卷輕紗俱看依井蝶共取落檐花何言征戍苦抱膝空咨嗟

沈約登高望春

登高眺京洛街巷紛漠漠回首望長安城闕鬱盤桓日出照鈿黛風過動羅紈齊童躡朱履趙女揚翠翰春風搖雜樹葳蕤綠且丹寶瑟玫瑰柱金羈瑇瑁鞍淹留宿下蔡置酒過上蘭解眉還復斂方知巧笑難佳期空靡靡含睇未成歡

嘉客不可見因君寄長歎

昭君辭

朝發披香殿夕濟汾陰河於茲懷九逝自此斂雙蛾沾莊疑湛露繞臆狀流波日見奔沙起稍覺轉蓬多胡風犯肌骨非直傷綺羅銜涕試南望關山鬱嵯峨始作陽春曲終成苦寒歌惟有三五夜明月暫經過

少年新婚爲之詠

山陰柳家女莫言出田墅丰容好姿顏便僻工言語腰肢既軟弱衣服亦華楚紅輪映早寒畫扇迎初暑錦履並花紋繡帶同心苣羅襦金薄廁雲鬢花釵舉我情已鬱紆何用表崎嶇託意眉間黛申心口上朱莫爭三春價坐喪千金軀盈尺青銅鏡徑寸合浦珠無因達往意欲寄雙飛鳧裾開見玉趾衫薄映凝膚羞言趙飛燕笑殺秦羅敷自顧雖悴薄冠蓋曜城隅高門列騶駕廣路從驪駒何慚鹿盧劍詎減府中趨還家問鄉里詎堪持作夫

雜曲三首

捨轡下彫輅更衣奉玉牀斜簪映秋水開鏡比春妝所畏紅顏促君恩不可長鷄冠且容裔豈吝桂枝亡

擕手曲

西征登隴首東望不見家關樹擢紫葉塞草發青芽昆明當欲滿蒲萄應作花
流淚對漢使因書寄狹邪

有所思

河漢縱且橫北斗橫復直星漢空如此寧知心有憶孤鐙曖不明寒機曉猶織
零淚向誰道鷄鳴徒歎息

夜夜曲

雜詠五首

楊柳亂如絲綺羅不自持春草青復綠客心傷此時翠苔已結洧碧水復盈淇
日華照趙瑟風心動燕姬衿中萬行淚故是一相思

春詠

風來吹葉動風去畏花傷紅英已照灼況復含日光歌童暗理曲游女夜縫裳
詎減當春淚能斷思人腸

詠桃

月華臨靜夜夜靜滅氛埃方暉竟戶入圓影隙中來高樓切思婦西園游上才
網軒映珠綴應門照綠苔洞房殊未曉清光信悠哉

詠月

輕陰拂建章夾道連未央因風結復解霑露柔且長楚妃思欲絕班女淚成行
流人未應去爲此歸故鄉

詠柳

江南簫管地妙響發孫枝殷勤寄玉指含情舉復垂彫梁再三繞輕塵四五移
曲中有深意丹誠君詎知

詠篪

六憶詩四首 三言五言

憶來時的的上階墀勤勤敘離別慊慊道相思相看常不足相見乃忘飢

憶坐時點點羅帳前或歌四五曲或弄兩三弦笑時應無比嗔時更可憐

憶食時臨盤動容色欲坐復羞坐欲食復羞食含哺如不飢擎甌似無力

憶眠時人眠彊未眠解羅不待勸就枕更須牽復恐傍人見嬌羞在燭前

十詠二首

纖手製新奇刺作可憐儀縈絲飛鳳子結縷坐花兒不聲如動吹無風自裊移麗色儻未歇聊承雲鬢垂 領邊繡

丹墀上颯沓玉殿下趨鏘逆轉珠珮響先表繡袿香裾開臨舞席拂袖繞歌堂所歎忘懷妾見委入羅牀 腳下履

擬青青河邊草

漠漠牀上塵中心憶故人故人不可憶中夜長歎息歎息想容儀不欲長別離別離稍已久空牀寄杯酒

擬三婦豔

大婦埽玉墀中婦結羅帷小婦獨無事對鏡畫蛾眉良人且安臥夜長方自私

古意

挾瑟叢臺下徙倚愛容光佇立日已暮慼慼苦人腸露葵已堪摘湛水未霑裳
錦衾無獨煖羅衣空自香明月雖外照寧知心內傷

㝱見美人

夜聞長歎息知君心有憶果自閶闔開魂交覩容色既薦巫山枕又奉齊眉食
立望復橫陳忽覺非在側那惡神傷者潺湲淚霑臆

效古

可憐桂樹枝單雄憶故雌歲暮異棲宿春至猶別離山河隔長路路遠絕容儀
豈云無我匹寸心終不移

初春

扶道覓陽春佳人共攜手草色獨自非林中都未有無事逐梅花空中信楊柳
且復歸去來含情寄杯酒

悼亡

去秋三五月今秋還照房今春蘭蕙草來春復吐芳悲哉人道異一謝永銷亡
屏筵空有設帷席更施張遊塵掩虛座孤帳覆空牀萬事無不盡徒令存者傷

柳惲擣衣詩一首

孤衾引思緒獨枕愴憂端深庭秋草緑高門白露寒思君起清夜促柱奏幽蘭不怨飛蓬苦徒傷蕙草殘其一 行役滯風波游人淹不歸亭皋木葉下隴首秋雲飛寒園夕鳥集思牖草蟲悲嗟矣當春服安見禦冬衣其二 鶴鳴勞永歎采蕭傷時暮念君方遠徭望妾理紈素秋風吹緑潭明月懸高樹佳人飾淨容招攜從所務其三 步欄杳不極離家肅已扃軒高夕杵散氣爽夜砧鳴瑶華隨步響幽蘭逐袂生峙嶿理金翠容與納宵清其四 泛豔回煙彩淵旋龜鶴文凄凄合歡袖冉冉蘭麝芬不怨杼軸苦所悲千里分垂泣送行李傾首遲歸雲其五

鼓吹曲二首

別島望風臺天淵臨水殿芳草生未積春花落如霰出從張公子還過趙飛鷰奉帚長信宮誰知獨不見 獨不見

少長倡家女出入燕南垂惟持德自美本以容見知舊聞關山遠何事總金羈妾心日已亂秋風鳴細枝 度關山

雜詩

雲輕色轉暖草緑晨芳歸山墟龍寒晦園澤潤朝暉春心多感動覩物情復悲

自君之出矣蘭堂罷鳴機徒知游宦是不念別離非

長門怨

玉壺夜愔愔應門重且深秋風動桂樹流月搖輕陰綺檐清露溽網戶思蟲吟
歎息下蘭閣含愁奏雅琴何由鳴曉珮復得抱宵衾無復金屋念豈照長門心

江南曲

汀州采白蘋日落江南春洞庭有歸客蕭湘逢故人故人何不返春華復應晚
不道新知樂且言行路遠

起夜來

城南斷車騎閣道覆清埃露華光翠網月影入蘭臺洞房且莫掩應門或復開
颯颯秋桂響非君起夜來

七夕穿針

黛馬秋不歸緇紈無復緒迎寒理夜縫映月擂纖縷的皪愁睇光連娟思眉聚
清露下羅衣秋風吹玉柱流陰稍已多餘光欲難取

詠席

照日汀州際搖風綠潭側雖無獨繭輕幸有青袍色羅袖少輕塵象牀多麗飾

願君蘭夜飲佳人時宴息

江洪詠歌姬

寶鑷間珠花分明靚粧點薄鬢約微黃輕紅澹鉛臉發言芳已馳復加蘭蕙染浮聲易傷歎沈唱安而險孤轉忽徘徊雙蛾乍舒斂不持全示人半用輕紗掩

舞女

腰纖蔑楚媛體輕非趙姬映衿闐寶粟緣肘挂珠絲發袖已成態動足復含姿斜精若不眄當轉復遲疑何慙雲鶴起詎減鳳鸞時

詠紅箋

雜彩何足奇惟紅偏作可灼爍類蕖開輕明似霞破鏤質卷芳脂裁花承百和且傳別離心復是相思裏不值情幸人豈識風流座

詠薔薇

當戶種薔薇枝葉太葳蕤不搖香已亂無風花自飛春閨不能靜開匣對明妃曲池浮采采斜岸列依依或聞好音度時見銜泥歸且對清觴湛其餘任是非

高爽詠鏡

初上鳳皇墀此鏡照蛾眉言照長相守不照長相思虛心會不采貞明空自欺

無言故此物更復對新期

鮑子卿詠畫扇

細絲本自輕弱彩何足眄直爲發紅顔謬成握中扇乍奉長門泣時承柏梁宴思莊開已掩歌容隱而見但畫雙黃鶴莫作孤飛鸞

詠玉階

玉階已夸麗復得臨紫微北戸接翠幄南路低金扉重疊通日影參差藏月煇輕落染珠履微澀拂羅衣獨笑崑山曲空見青鳥飛

何子朗學謝體

桂臺清露拂銅陛落花沾美人紅妝罷攀鉤卷細簾思君擊促織玉指何纖纖未應爲此別無故坐相嫌

和虞記室騫古意

美人弄白日灼灼當春牖清鏡對蛾眉新花映玉手鸎下拾池泥風來吹細柳君子何時歸與我酌尊酒

和繆郎視月

清夜未云疲細簾聊可發玲玲玉潭水映見蛾眉月靡靡露方垂煇煇光稍没

佳人復千里餘影徒揮忽

范靖婦詠步摇花

珠華縈翡翠寶葉間金瓊剪荷不似製爲花如自生低枝拂繡領微步動瑶瑛
但令雲髻插蛾眉本易成

戲蕭孃

明珠翠羽帳金薄綠綃帷因風時暫舉想象見芳姿清晨插步摇向晚解羅衣
託意風流子佳情詎肯私

詠五彩竹火籠

可憐潤霜質纖剖復毫分織作回風苣製爲縈綺文含芳出珠被曜彩接緗裠
徒嗟金麗飾豈念昔凌雲

詠鐙

綺筵日已暮羅帷月未歸開花散鵠彩含光出九微風軒動丹焰冰宇澹清暉
不吝輕蛾繞惟恐曉蠅飛

何遜日夕望江贈魚司馬

湓城帶湓水湓水縈如帶日夕望高城耿耿青雲外城中多宴賞絲竹常繁會

管聲已流悅弦聲復悽切歌黛慘如愁舞嬰肩疑欲絕仲秋黃葉下長風正騷屑
早鴈出雲歸故鷰辭檐別晝悲在異縣夜夢還遶洛汭洛汭何悠悠起望登西樓
的的颿向浦團團日隱洲誰能一羽化輕舉逐飛浮

擬輕薄篇

城東美少年重身輕萬億柘彈隨珠丸白馬黃金飾長安九逵上青槐蔭道植
轂擊晨已喧肩排暗不息走狗通西望牽牛亘南直相期百戲傍去來三市側
象牀沓繡被玉盤傳綺食倡女掩扇歌小婦開簾織相看獨隱笑見人還斂色
黃鶴悲故羣山枝詠初識烏飛過客盡雀聚行龍匿酌羽前猷猷此時歡未極

詠照鏡

珠簾旦初卷綺機朝未織玉匣開鑒形寶臺臨淨飾對影獨含笑看花空轉側
聊為出繭眉試染夭桃色羽釵如可間金鈿長相逼蕩子行未歸啼妝坐沾臆

閨怨

曉河沒高棟斜月半空庭窻中度落葉簾外隔飛螢含情下翠帳掩淚閉金屏
昔期今未反春草寒復青思君無轉易何異北辰星

詠七夕

僊車駐七襄鳳駕出天潢月映九微火風吹百和香來歡暫巧笑還淚已嗁妝

依稀猶洛汭倏忽似高唐別離不得見河漢漸湯湯

詠舞妓

管清羅薦合弦驚雪袖遲逐唱回纖手聽曲動蛾眉凝情盼墮珥微睇託含辭

日暮留嘉客相看愛此時

看新婦

霧夕蓮出水霞朝日照梁何如花燭夜輕扇掩紅妝良人復灼灼席上自生光

所悲高駕動環珮出長廊

詠倡家

皎皎高樓暮華燭帳前明羅帷雀釵影寶瑟鳳雛聲夜花枝上發新月霧中生

誰念當窗牖相望獨盈盈

詠白鷗嘲別者

可憐雙白鷗朝夕水上游何言異棲息雌住雄不留孤飛出嶼浦獨宿下滄洲

東西從此去影響絕無由

學青青河邊草

春園日應好折花望遠道秋夜苦復長抱枕向空牀吹樓下促節不言於此別
歌筵掩團扇何時一相見弦絕猶依軫葉落裁下枝即此雖云別方我未成離

嘲劉孝綽

房櫳滅夜火窻戶映朝光妖女褰帷出蹀躞初下牀雀釵橫曉鬢蛾眉艷宿妝
稍聞玉釧遠猶憐翠被香寧知早朝客差池已鴈行

王樞古意應蕭信武教

朝取飢蠶食夜縫千里衣復聞南陌上日暮采蓮歸青苔覆寒井紅藥間青微
人生樂自極良時徒見違何由及新鷰雙雙還共飛

至烏林村見采桑者聊以贈之

遙見提筐下翩妍實端妙將去復回身欲語先爲笑閨中初別離不許覔新知
空結茱萸帶敢報木蘭枝

徐尚書座賦得可憐

紅蓮披早露玉貌映朝霞飛鷰啼妝罷顧步插餘花溘帀金鈿滿參差繡領斜
暮還垂瑤帳香鐙照九華

庚丹秋閨有望

耿耿横天漢飄飄出岫雲月斜樹倒影風至水囘文已泣機中婦復悲牀上君
羅襦曉長襞翠被夜徒薰空汲銀牀井誰縫金縷裳所思竟不至空持清夜分

夜寢罣還家

歸飛寢所憶共子汲寒漿銅缾素綆綺井白銀牀雀出丰茸樹蟲飛瑇瑁梁
離人不相見難忍對春光

玉臺新詠卷第五

玉臺新詠
三

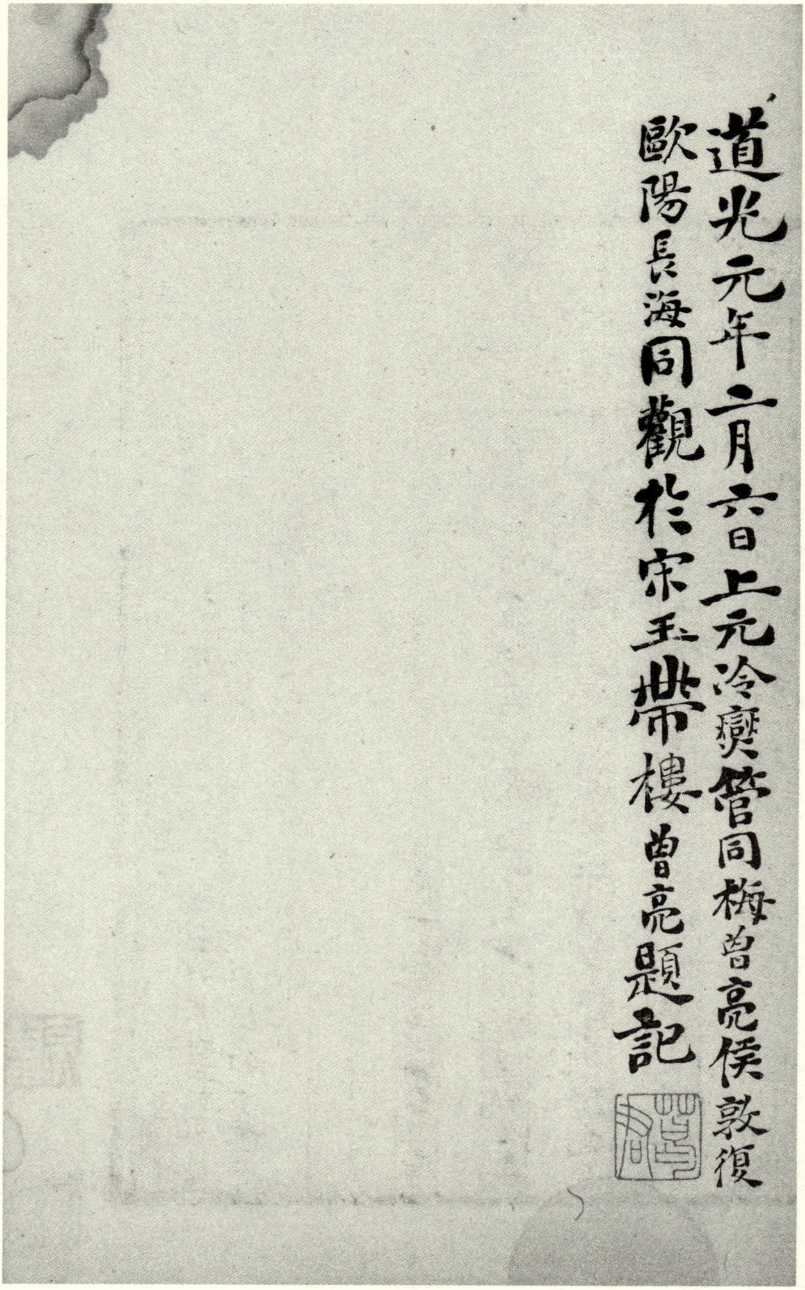
道光元年二月六日上元冷爕管同梅曾亮侯敦復
歐陽長海同觀於宋玉帶樓曾亮題記

玉臺新詠卷第六

吳均二十首　王僧孺一十七首　張率擬樂府三首
徐悱詩二首　費昶一十首　姚翻同郭侍郎采桑一首
孔翁歸奉湘東王班姬一首　徐悱妻劉令嫻荅外二首　何思澄三首
徐悱荅唐孃七夕所穿針一首

吳均和蕭洗馬子顯古意六首

賤妾思不堪采桑渭城南帶減連枝繡髮亂鳳皇釵花舞衣裳薄蛾飛愛綠潭無由報君此流涙向春蠶 其一

妾本倡家女出入魏王宮既得承琱輦亦在更衣中蓮花銜青雀寶粟鈿金蟲猶言不得意流涙憶遼東 其二

春草攏可結妾心正斷絶綠鬢愁中改紅顔啼裏滅非獨涙成珠亦見珠成血願爲飛鵲鏡翩翩照離別 其三

何處報君書隴右五岐路涙研兔枝墨筆染鵝毛素碧浮孟渚水香下洞庭路應歸遂不歸芳春空擲度 其四

妾家橫塘北發豔小長干花釵玉腕轉珠繩金絡丸羃䍥懸青鳳逶迤摇白團

誰堪久見此含恨不相看棋

匈奴數欲盡僕在玉門關蓮花穿劍鍔秋月掩刀環春機鳴窈窕夏鳥思緜蠻

中人坐相望狂夫終未還棋

與柳惲相贈荅六首

黃鸝飛上苑綠芷出汀洲日映昆明水春生鳷鵲樓飄颺白花舞瀾漫紫萍流

書織回文錦無因寄隴頭思君甚瓊樹不見方離憂

鳴鞭適大阿聯翩渡漳河燕姬及趙女挾瑟夜經過纖腰曳廣袖半額畫長蛾

客本倦游者箕帚在江沱故人不可棄新知空復何

離君苦無樂向暮心悽悽要途訪趙使聞君仕執珪杜蘅色已發昌蒲葉未齊

羃歷蟯餌蘭差池鸎吐泥願逐春風去飄蕩至遼西

白日隱城樓勁風埽寒木離析隔西東執手異涼燠相思咽不言洞房清且肅

歲去甚流煙年來如轉軸別鶴千里飛孤雌夜未宿

閨房寂已靜落月有餘暉寒蟲隱壁思秋蛾繞燭飛絕雲斷更合離禽去復歸

佳人今何在迢遞江之沂一爲別鶴弄千里淚霑衣

秋雲靜晚天寒夜方綿綿聞君吹急管相思雜采蓮別離未幾日高月三成弦

蹀疊黃河浪嘶喝隴頭蟬寄君蘼蕪葉插著叢臺邊

擬古四首

嫋嫋陌上桑蔭陌復垂塘長條映白日細葉隱鸝黃蠶飽妾復思拭淚且提筐
故人寧知此離恨煎人腸　陌上桑

咸陽春草芳秦帝卷衣裳玉檢茱萸匣金泥蘇合香初芳熏複帳餘輝曜玉牀
當須宴朝罷持此贈華陽　秦王卷衣

錦帶雜花鈿羅衣垂綠川問子今何去出采江南蓮遼西三千里欲寄無因緣
願君早旋反及此荷花鮮　采蓮

豔裔陽之春攜手清洛濱雞鳴上林苑薄暮小平津長裾藻白日廣袖帶芳塵
故交一如此新知詎憶人　攜手

贈杜容成一首

一鸛海上來一鸛高臺息一朝所逢遇依然舊所識問我來何遲關山幾紆直
答言海路長風多飛無力昔別縫羅衣春風初入帷今來夏欲晚桑蛾薄樹飛

春詠

春從何處來拂衣復驚梅雲障青瑣闥風吹承露臺美人隔千里羅帷閉不開

無由得共語空對相思栝

去妾贈前夫

棄妾在河橋相思復相遼鳳皇簪落鬢蓮花帶緩胷腸從別處斷皃在淚中消
願君憶疇昔片言時見饒

詠少年

董生惟巧笑子都信美目百萬市一言千金買相逐不道參差菜誰論窈窕淑
願君捧繡被來就越人宿

王僧孺春怨

四時如湍水飛奔競回復夜鳥響嚶嚶朝光照煜煜厭見花成子多看筍爲竹
萬里斷音書十載異棲宿積愁落芳鬢長嘯壞美目君去在榆關妾留住函谷
惟對昔邪房如見蜘蛛屋獨與響相酬還將影自逐象牀易氈簟羅衣變單複
幾過度風霜猶能保煢獨

月夜詠陳南康新有所納

二八人如花三五月如鏡開簾一種色當戶兩相映重價出秦韓高名入燕鄭
十城屢請易千金幾爭聘君意自能專妾心本無競

見貴者初迎盛姬聊爲之詠

久想專房麗未見傾城者千金訪繁華一朝遇容冶家本薊門外來戲叢臺下
長御幸未匹文君復新寡

與司馬治書同聞隣婦夜織

洞房風已激長廊月復清藹藹夜庭廣飄飄曉帳輕雜聞百蟲思偏傷一息聲
鳥聲長不息妾心復何極猶恐君無衣夜夜當窻織

夜愁

櫩露滴爲珠池冰合成璧萬行朝淚寫千里夜愁極孤帳閉不開寒膏盡復益
誰知心眼亂看朱忽成碧

春閨有怨

愁來不理鬢春至更攢眉悲看蛺蝶粉泣望蜘蛛絲月映寒蛩褥風吹翡翠帷
飛鱗難託意駛翼不銜辭

擣衣

足傷金管處多愴緹光促下機鶩西眺鳴砧遼東旭芳汗似蘭湯雕金辟龍燭
散度廣陵音操寫漁陽曲別鶴悲不已離鸞斷更續尺素在魚腸寸心憑鴈足

爲人述寱

工知想成寱未信寱如此皎皎無片非的的一皆是以親芙蓉褥方開合歡被
雅步極嫣妍含辭恣委靡如言非倏忽不意成俄尒及寤盡空無方知悉虛詭

爲人傷近不見

嬴女鳳皇樓漢姬柏梁殿詎勝偃將死音容猶可見我有一心人同鄉不異縣
異縣不成隔同鄉更脉脉脉脉如牛女無妨年一語

爲何庫部舊姬擬蘼蕪之句

出戶望蘭薰褰簾正逢君斂容纔一訪新知詎可聞新人含笑近故人含淚隱
妾意在寒松君心逐朝槿

在王晉安酒席數韻

窈窕宋容華但歌有淸曲轉眄非無以斜扇還相矚詎減許飛瓊多勝劉碧玉
何因送款款伴飲桮中醁

爲人有贈

碧玉與綠珠張盧復雙女曼聲古難匹長袂世無侶似出鳳皇樓言發瀟湘渚
幸有褰裳便含情寄一語

何生姬人有怨

寒樹棲羈雌月映風復吹逐臣與棄妾零落心可知寶琴徒七弦蘭燈空百枝
顰容不足效啼妝拭復垂同衾成楚越異國非此離

鼓瑟曲　有所思

夜風吹熠燿朝光照昔邪幾銷蘼蕪葉空落蒲桃花不堪長織素誰能獨浣紗
光陰復何極望促反成賖知君自蕩子奈妾亦倡家

爲人寵姬有怨

可憐獨立樹枝輕根易搖已爲露所浥復爲風所飄錦衾襞不臥端坐夜及朝
是妾愁成瘦非君重細腰

爲人自傷

自知心裏恨還向影中羞回持昔慊慊變作今悠悠還君與妾珥歸妾奉君裘
弦斷猶可續心去最難留

秋閨怨

斜光隱西壁暮雀上南枝風來秋扇屏月出夜燈吹深心起百際遥淚非一垂
徒勞妾辛苦終言君不知

張率相逢行

相逢夕陰階獨趨尚冠里高門既如一甲第復相似憑軾日欲昏何處訪公子
公子之所在所在良易知青樓出上路漸臺臨曲池堂上撫流徽雷尊朝夕施
橘柚芬華實朱火燎金枝兄弟兩三人裾珮紛陸離朝從禁中出車騎並驅馳
金鞍馬瑙勒聚觀路傍兒入門一顧望鳧鵠有雄雌雄雌各數千相鳴戲羽儀
並在東西立羣次何離離大婦刺方領中婦抱嬰兒小婦尚嬌稚端坐吹參差
丈人無遽起神鳳且來儀

對酒

對酒誠可樂此酒復能醅如華良可貴如乳更非珍何以留上客爲寄掌中人
金尊清復滿玉盌亟來親誰能共遲暮對酒及芳晨君歌當來罷却坐避梁塵

遠期

遠期終不歸節物坐將變白露愴單棲秋風息團扇誰能久離別他鄉且異縣
浮雲蔽重山相望何時見寄言遠行者空閨淚如霰

徐悱贈內

日暮想清陽躡履出椒房網蟲生錦薦遊塵掩玉牀不見可憐影空餘黼帳香

彼美情多樂挾瑟坐高堂豈忘離憂者向隅心獨傷聊因一書札以代九回腸

對房前桃樹詠佳期贈內

相思上北閣徙倚望東家忽有當軒樹兼含映日花方鮮類紅粉比素若鉛華更使增心憶彌令想狹斜無如一路阻脈脈似雲霞嚴城不可越言折代踈𦶇

費昶華觀省中夜聞城外擣衣

閶闔下重闈丹墀吐明月秋氣城中冷秋砧城外發浮聲繞雀臺飄響度龍闕婉轉何藏摧當從上路來藏摧意未已定自乘軒裏乘軒盡世家佳麗似朝霞圓璫耳上照方繡領間斜衣薰百和屑鬢搖九枝花昨暮庭槐落今朝羅綺薄拂席卷鴛鴦開縵舒龜鶴金波正容與玉步依砧杵紅袖往還縈素腕參差舉徒聞不得見獨夜空愁佇獨夜何窮極懷之在心側階垂玉衡露庭舞相風翼瀝滴流星輝粲爛長河色三冬誠足用五日無糧食揚雲已寂寥今君復弦直

和蕭記室春旦有所思

芳樹發春輝蔡子望青衣水逐桃花去春隨楊柳歸楊柳何時歸裊裊復依依已蔭章臺陌復掃長門扉獨知離心者坐惜春光違洛陽遠如日何由見宓妃

春郊望美人

芳郊拾翠人回袖掩芳春金輝起步揺紅彩發吹綸湯湯蓋頂日飄飄馬足塵
薄暮高樓下當知妾姓秦

詠照鏡

晨輝照杏梁飛鷰起朝妝留心散廣黛輕手約花黄正釵時念影拂絮且憐香
方嫌翠色故乍道玉無光城中皆半額非妾畫眉長

和蕭洗馬畫屏風二首

日淨班姬門風輕董賢館卷耳緣階出反舌登牆喚蠶女桂枝鉤遊童蘇合彈
拂袖當留客相逢莫相難　陽春發和氣

佳人在河内征夫鎮馬邑零露一朝團中夜雨垂泣氣爽牀帳冷天寒針縷澀
紅顔本暫時君還詎相及　秋夜涼風起

采菱

妾家五湖口采菱五湖側玉面不關妝雙眉本翠色日斜天欲暮風生浪未息
宛在水中央空作兩相憶

長門后怨

向夕千愁起自悔何嗟及愁思且歸牀羅襦方掩泣絳樹揺風軟黄鳥弄聲急

金屋貯嬌時不言君不入

鼓吹曲二首

巫山光欲晚陽臺色依依彼美巖之曲寧知心是非朝雲觸石起暮雨潤羅衣
願解千金珮請逐大王歸　巫山高

上林烏欲棲長安日行暮所思欝不見空想丹墀步簾動憶君來雷聲似車度
北方佳麗子窈窕能回顧夫君自迷惑非爲妾心妒　有所思

姚翻同郭侍郎采桑一首

鴈還高柳北春歸洛水南日照茱萸領風搖翡翠簪桑間視欲暮閨裏遽飢蠶
相思君助取相望妾那堪

孔翁歸奉和湘東王教班婕妤一首

長門與長信日暮九重空雷聲聽隱隱車響絕瓏瓏恩光隨妙舞團扇逐秋風
鉛華誰不慕人意自難終

徐悱妻劉令嫻荅外詩二首

花庭麗景斜蘭牖輕風度落日更新妝開簾對春樹鳴鸝葉中響戲蝶枝邊鶩
調瑟本要歡心愁不成趣良會誠非遠佳期今不遇欲知幽怨多春閨深且暮

東家挺奇麗南國擅容煇夜月方神女朝霞喻洛妃還看鏡中色比豔自知非
摛辭徒妙好連類頻乖違智夫雖已麗傾城未敢希

何思澂奉和湘東王教班婕妤

寂寂長信晚雀聲哦洞房蜘蛛網高閣駮蘚被長廊虛殿簾帷靜閑階花蕊香
悠悠視日暮還復拂空牀

擬古

故交不可忘猶如蘭桂芳新知雖可悅不異茱萸香妾有鳳鶵曲非爲陌上桑
薦君君不御抱瑟自悲涼

南苑逢美人

洛浦疑回雪巫山似旦雲傾城今始見傾國昔曾聞媚服隨嬌合丹脣逐笑分
風卷蒲萄帶日照石榴裠自有狂夫在空持勞使君

徐悱荅唐孃七夕所穿針

倡人助漢女靚妝臨月華連針學竝蔕縈縷作開花孀閨絕綺羅攬贈自傷嗟
雖言未相識聞道出良家曾停霍君騎經過柳惠車無由一共語暫看日昇霞

玉臺新詠卷第六

玉臺新詠卷第七

梁武帝一十四首　皇太子聖製四十三首　邵陵王綸詩三首

湘東王繹詩七首　武陵王紀詩三首

梁武帝擣衣

駕言易水北送別河之陽沈思慘行鑣結寢在空牀既寤丹緑謬始知紈素傷中州木葉下邊城鴈早霜陰蟲日慘烈庭艸復云黃冷風但清夜明月懸洞房嫋嫋同宮女助我理衣裳參差夕杵引哀怨秋砧揚輕羅飛玉腕弱翠低紅妝朱顔色已興眄睇目增光擣以一匪石文成雙鴛鴦制握斷金刀薰用如蘭芳佳期久不歸持此寄寒鄉妾身誰爲容思君苦人腸

擬長安有狹斜十韻

洛陽有曲陌陌曲不通驛忽逢二少童扶轡問君宅君宅邯鄲右易憶復可知大息組緗縕中息珮陸離小息尚靑綺總丱遊南皮三息俱入門家臣拜門垂三息俱升堂旨酒盈千巵三息俱入戶戶內有光儀大婦理金翠中婦事玄縭小婦獨閑暇調笙遊曲池丈人少徘徊鳳吹方參差

擬明月照高樓

圓魄當虛闥清光流思筵筵思照孤影悽怨還自憐臺鏡早生塵匣琴又無弦
悲慕屢傷節離憂亟華年君如東樽景妾似西柳煙相去既路迥明晦亦殊懸
願爲銅鐵轡以感長樂前

擬青青河邊草

幕幕繡戶絲悠悠懷昔期昔期久不歸鄉國曠音輝音輝空結遲半寢覺如至
既寤了無形與君隔平生月以雲掩光葉似霜摧老當途競自容莫肯爲妾道

代蘇屬國婦

良人與我期不謂當過時秋風忽送節白露凝前基愴愴獨涼枕搔搔孤月帷
或聽西北鴈似從寒海湄果銜萬里書中有生離詞惟言長別矣不復道相思
胡羊久剽奪漢節故支持帛上看未終臉下淚如絲空懷之死誓遠勞同穴詩

古意二首

飛鳥起離離驚散忽差池嗷嘈繞樹上翩翾集寒枝既悲征役久偏傷隴上兒
寄言閨中愛此心詎能知不見松上蘿葉落根不移
當春有一草綠花復重枝云是忘憂物生在北堂垂飛飛雙蛺蝶低低兩差池
差池低復起此芳性不移飛蝶雙復隻此心人莫知

芳樹

綠樹始搖芳芳生非一葉一葉度春風芳芳自相接色雜亂參差衆花紛重疊重疊不可思思此誰能愜

臨高臺

高臺半行雲望望高不極草樹無參差山河同一色髣髴洛陽道道遠難別識玉階故情人情來共相憶

有所思

誰言生離久適意與君別衣上芳猶在握裏書未滅腰中雙綺帶夢爲同心結常恐所思露瑤華未忍折

紫蘭始萌

種蘭玉臺下氣暖蘭始萌芬芳與時發婉轉迎節生獨使金翠嬌偏動紅綺情二遊何足壞一顧非傾城羞將苓芝侶豈畏鶗鴂鳴

織婦

送別出南軒離思沈幽室調梭輟寒夜鳴機罷秋日良人在萬里誰與共成匹願得一回光照此憂與疾君情儻未忘妾心長自畢

七夕

白露月下圓秋風枝上鮮瑤臺含碧霧瓊幕生紫煙妙會非綺節佳期乃良年玉壺承夜急蘭膏依曉煎昔時悲難越今傷何易旋怨咽雙念斷悽草兩情懸

戲作

宓妃生洛浦遊女出漢陽妖閑逾下蔡神妙絕高唐緜駒且變俗王豹復移鄉況茲集靈異豈得無方將長袂必留客淸哇咸繞梁燕趙羞容止西妲慙芬芳徒聞殊可弄定自乏明璫

皇太子聖製樂府三首　簡文

凌晨光景麗倡女鳳樓中前瞻削成小傍望卷旋空分妝間淺靨繞臉傅斜紅張琴未調軫飲吹不全終自知心所愛出入仕秦宮誰言連伊屈更是莫敖通輕軺綴皂蓋飛鑾轢雲驄金鞍隨繫尾銜瑣映纏騣戈鏤荊山玉劒飾丹陽銅左把蘇合彈傍持大屈弓控弦因鵲血挽強用牛螉弋獵多登隴酣歌每入豐暉暉隱落日冉冉還房櫳鐙生陽燧火塵散鯉魚風流蘇時下帳象簟復韜筒霧暗窗前柳寒疎井上桐女蘿託松際甘瓜蔓井東拳拳恃君寵歲暮望無窮　豔歌篇十八韻

銅梁指斜谷劒道望中區通星上分野作固爲下都雅歌因良守妙舞自巴渝陽城嬉樂所劒騎鬱相趨五婦行難至百兩好游娛牲祈望帝祀酒酹蜀侯誅江妃納重聘卓女受將雛停弦時繫爪息吹更治朱春衫湔錦浪回扇避陽烏聞君握節反賤妾下城隅

蜀國弦歌篇十韻

名都多麗質本自恃容姿蕩子行未至秋胡無定期玉皃歇紅臉長顰串翠眉歛鏡迷朝色縫針脆故絲本異摇舟咎何關竊席疑生離誰撫背溘死詎成遲毛嬙皃本絕踉蹌入氈帷盧姬嫁日晚非復好年時傳山猶可逐烏白望難期妾心徒自苦傍人會見嗤

妾薄命篇十韻

代樂府三首

遥看雲霧中刻桷映丹紅珠簾通曉日金花拂夜風欲知聲管處來過安樂宮

新成安樂宮

季月雙桐井新枝雜舊株晚葉藏棲鳳朝花拂曙烏還看西子照銀牀牽鹿盧

雙桐生空井

閨閑漏永永漏長宵寂寂草螢飛夜戶絲蟲繞秋壁薄笑未爲欣微歎還成戚金簪鬢下垂玉箸衣前滴

楚妃歎

和湘東王橫吹曲三首

洛陽佳麗所大道滿春光遊童初挾彈蠶妾始提筐金鞍照龍馬羅袂拂春桑玉車爭晚入潘果溢高箱　洛陽道

楊柳亂成絲攀折上春時葉密鳥飛礙風輕花落遲城高短簫發林空畫角悲曲中無別意併爲久相思　折楊柳

賤妾朝下機正值良人歸青絲懸玉蹬朱汗染香衣驟急珍珂響蹄多塵亂飛雕胡幸可薦故心君莫違　紫騮馬

雍州十曲抄三首　是襄州

南湖荇葉浮復有佳期遊銀綸翡翠鈎玉舳芙蓉舟荷香亂衣麝射橈聲隨急流　南湖

岸陰垂柳葉平江含粉堞好值城傍人多逢蕩舟妾綠水濺長袖浮苔染輕纖　北渚

宜城斷中道行旅亟流連出妻工織素妖姬慣數錢吹彫留上客貰酒逐神儒　大隄

同庾肩吾四詠二首

采蓮前岸隈舟子屢徘徊荷披衣可識風𨍏香不來欲知船度處當看荷葉開　蓮舟買荷度

相隨照綠水意欲重涼風流搖妝影壞釵落鬢華空佳期在何許徒傷心不同　照流看落釵

和湘東王三韻二首

花樹含春叢羅帷夜長空風聲隨篠韻月色與池同彩箋徒自襞無信往雲中　春宵

冬朝日照梁含怨下前牀帳褰竹葉帶錦轉蔆花光會是無人見何用早紅妝　冬曉

戲作謝惠連體十三韻

雜蕊映南庭庭中光景媚可憐枝上花早得春風意春風復有情拂幔且開楹開楹開碧煙拂幔拂垂蓮偏使紅花散飄颺落眼前眼亦多無況參差鬱可望珠繩翡翠帷綺幕芙蓉帳香煙出窗裏落日斜階上日影去遲遲節華咸在茲桃花紅若點柳葉亂如絲絲條轉暮光影落暮陰長春鸎雙雙舞春心處處揚酒滿心聊足萱枝愁不忘

倡婦怨情十二韻

綺窻臨畫閣飛閣繞長廊風散同心草月送可憐光髣髴簾中出妖麗特非常恥學秦羅髻羞爲樓上粧散誕披紅帔生情新約黃斜鐙入錦帳微煙出玉牀六安雙瑇瑁八幅兩鴛鴦猶是别時許留致解心傷含涕坐度日俛頂變炎涼玉關驅夜雪金氣落嚴霜飛狐驛使斷交河川路長蕩子無消息朱脣徒自香

和徐録事見内人作卧具

密房寒日晚落照度窻邊紅簾遥不隔輕帷半卷懸方知纖手製詎滅縫裳妍龍刀横𠜉上畫尺墮衣前熨斗金塗色簪管白牙纏衣裁合歡襵文作鴛鴦連縫用雙針縷絮是八蠶綿香和麗丘蜜麝吐中臺煙已入琉璃帳兼雜泰華氊具共彫鑪暖非同團扇捐更恐從軍別空牀徒自憐

戲贈麗人

麗妲與妖嬙共拂可憐妝同安鬟裏撥異作額間黃羅裠宜細簡畫屧重高牆含羞未上砌微笑出長廊取花爭間鑷攀枝念藥香但歌聊一曲鳴弦未息張自矜心所愛三十侍中郎

秋閨夜思

非關長信別詎是良人征九重忽不見萬恨滿心生夕門掩魚鑰宵牀悲畫屏迴月臨窻度吟蟲繞砌鳴初霜霣細葉秋風驅亂螢故妝猶累日新衣襞未成欲知妾不寐城外擣衣聲

和湘東王名士悅傾城

美人稱絕世麗色譬花叢雖居李城北住在宋家東教歌公主第學舞漢成宮多遊淇水上好在鳳樓中履高疑上砌裾開持畏風衫輕見跳脫珠概雜青蟲垂絲繞帷幔落日度房櫳妝窻隔柳色井水照桃紅非憐江浦珮羞使春閨空

從頓蹔還城

漢渚水初綠江南草復黃日照蒲心暖風吹梅蕊香征艫艤湯塹歸騎息金隍舞觀衣常襞歌臺弦未張持此橫行去誰念守空牀

詠人棄妾

昔時嬌玉步含羞花燭邊豈言心愛斷銜嗁私自憐常見歡成怨非關醜易妍獨鵠罷中路孤鸞死鏡前

執筆戲書

舞女及燕姬倡樓復蕩婦參差大戾發搖曳小垂手釣竿蜀國彈新城折楊柳

玉案西王桃蠡杯石榴酒甲乙羅帳異辛壬房戶暉夜夜有明月時時憐更衣

豔歌曲

雲楣桂成戶飛棟杏爲梁斜窗通蕊氣細隙引塵光裁衣魏后尺汲水淮南牀
青驪暮當反預使羅裙香

怨

秋風與白團本自不相安新人及故愛意氣豈能寬黃金肘後鈴白玉案前盤
誰堪空對此還成無歲寒

擬沈隱侯夜夜曲

藹藹夜中霜何關向曉光枕啼常帶粉身眠不著牀蘭膏盡更益薰鑪滅復香
但問愁多少便知夜短長

七夕

秋期此時浹長夜徙河靈紫煙凌鳳羽奔光隨玉軿洛陽疑劍氣成都怪客星
天梭織來久方逢今夜停

同劉諮議詠春雪

晚霞飛銀礫浮雲暗未開入池消不積因風墮復來思婦流黃素溫姬玉鏡臺

看花言可插定自非春梅

晚景出行

細樹含殘影春閨散晚香輕花鬢邊墮微汗粉中光飛鳧初罷曲啼烏忽度行
羞令白日暮車馬轡相望

賦樂府得大垂手

垂手忽苕苕飛燕掌中嬌羅衣恣風引輕帶任情搖詎似長沙地促舞不回腰

賦樂器名得箜篌

詠舞

捩遲初挑吹弄急時催舞釧響逐弦鳴衫回半障柱欲知心不平君看黛眉聚

可憐初二八逐節似飛鴻懸勝河陽妓闇與淮南同入行看履進轉面望鬟空
腕動苕華玉袖隨如意風上客何須起啼烏曲未終

春閨情

楊柳葉纖纖佳人懶織縑正衣還向鏡迎春試舉簾摘梅多繞樹覓鷰好窺檐
只言逐花草計校應非嫌

又三韻

珠簾向暮下妖姿不可追花風暗裏覺蘭燭帳中飛何時玉窗裏夜夜更縫衣

率尔爲詠

借問儷將畫詎有此佳人傾城且傾國如雨復如神漢后憐名鸞周王重姓申挾瑟曾遊趙吹簫屢入秦玉階偏望樹長廊每逐春約黄出意巧纏弦用法新迎風時引袖避日暫披巾疏花映鬟插細珮繞衫身誰知日欲暮含羞不自陳

美人晨妝

北窗向朝鏡錦帳復斜縈嬌羞不肯出猶言妝未成散黛隨眉廣燕脂逐臉生試將持出衆定得可憐名

賦得詠當壚

十五正團團流光滿上蘭當壚設夜酒宿客解金鞍迎來挾瑟易送別但歌難詎知心恨急翻令衣帶寬

林下妓

炎光向夕斂促宴臨前池泉深影相得花與面相宜篪聲如鳥哢舞袂寫風枝歡樂不知醉千秋長若斯

擬落日窗中坐

杏梁斜日照餘暉映美人開函脫寶釧向鏡理紈巾游魚動池葉舞鶴散階塵
空嗟千歲久願得及陽春

美人觀畫

殿上圖神女宮裏出佳人可憐俱是畫誰能辨僞眞分明淨眉眼一種細腰身
所可持爲異長有好精神

孌童

孌童嬌麗質賤董復超瑕羽帳晨香滿珠簾夕漏賒翠被含鴛色雕牀鏤象牙
妙年同小史姝貌比朝霞袖裁連璧錦箋織細橦花攬袴輕紅出回頭雙鬢斜
嬾眼時含笑玉手乍攀花懷猜非後釣密愛似前車足使燕姬妒彌令鄭女嗟

邵陵王綸代秋胡婦閨怨

蕩子從遊宦思妾守房櫳塵鏡朝朝掩寒牀夜夜空若非新有悅何事久西東
知人相憶否淚盡㝱嗁中

車中見美人

關情出眉眼軟媚著腰支語笑能嬌媄行步絕逶迤空中自迷惑渠傍會不知
懸念猶如此得時應若爲

代舊姬有怨

寧爲萬里别乍此死生離那堪眼前見故愛逐新移未褭春光落還被秋風吹怨黛舒還歛啼粧拭更垂誰能巧爲賦黄金妾自貲

湘東王繹登顔園故閣

高樓三五夜流影入丹墀先時留上客夫壻美容姿粧成理蟬鬢笑罷歛蛾眉衣香知步近釧動覺行遲如何舞館樂翻見歌梁悲猶懸北窻幌未卷南軒帷寂寂空郊暮非復少年時

戲作豔詩

入堂值小婦出門逢故夫含辭未及吐絞袖且峙躕摇茲扇似月掩此淚如珠今懷固無已故情今有餘

夜遊栢齋

燭暗行人靜簾開雲影入風細雨聲遲夜短更籌急能下班姬淚復使倡樓泣況此客遊人中宵空佇立

和劉上黄

新鶯隱葉囀新鷰向窻飛柳絮時依酒梅花乍入衣玉珂逐風度金鞍映日暉

無令春色晚獨望行人歸

詠晚棲烏

日暮連翩翼俱向上林棲風多前鳥駛雲暗後羣迷路遠聲難徹飛斜行未齊應從故鄉返幾過入蘭閨借問倡樓妾何如蕩子妻

寒宵三韻

烏鵲夜南飛良人行未歸池水浮明月寒風送擣衣願織回文錦因君寄武威

詠秋夜

秋夜九重空蕩子怨房櫳鐙光入綺帷簾影進屏風金徽調玉軫茲夜撫離鴻

武陵王紀同蕭長史看妓

燕姬奏妙舞鄭女發清歌回羞出慢臉送態入嚬蛾寧殊值行雨詎減見凌波想君愁日暮應羨魯陽戈

和湘東王應令夜寢

昨夜寢君歸賤妾下鳴機懸知君意薄不著去時衣故言如夢裏賴得雁書飛

曉思

晨禽爭學囀朝花亂欲開鑪煙入斗帳屏風隱鏡臺紅妝隨淚盡蕩子何時回

閨妾寄征人

歛色金星聚縈悲玉筯流願君看海氣憶妾上高樓（目作三首此首疑衍）

玉臺新詠卷第七

玉臺新詠卷第八

蕭子顯樂府二首

大明上苕苕陽城射凌霄光照窻中婦絕世同阿嬌明鏡盤龍刻簪羽鳳皇雕逶迤梁家髻冉弱楚宮腰輕紈雜重錦薄縠間飛綃三六前年暮四五今年朝蠶園拾芳繭桑陌采柔條出入東城里上下洛西橋忽逢車馬客飛蓋動襜軺單衣鼠毛織寶劍羊頭銷丈夫疲應對御者輟銜鑣柱間徒脉脉垣上幾翹翹女本西家宿君自上宮要漢馬三萬匹夫壻仕嫖姚鞶囊虎頭綬左珥兒盧貂橫吹龍鍾管奏鼓象牙簫十五張內侍十八賈登朝皆笑顏郎老盡訝董公超　日出東南隅行

邯鄲躧輟舞巴姬請罷弦佳人淇洧上豔趙復傾燕繁穠既爲李照水亦成蓮
朝沽成都酒暝數河間錢餘光幸未借蘭膏空自煎　代樂府美女篇

王筠和吳主簿六首

日照鴛鴦殿萍生鳬鶩池遊塵隨影入弱柳帶風垂青骹逐黃口獨鶴慘羈雌
同衾遠遊說結愛久生離於今方溘死寧須萱草枝
卷葹心未發蘼蕪葉欲齊春蠶方曳緒新鷰正銜泥野雉呼雌雊庭禽挾子棲
從君客梁後方晝掩春閨山川隔道里芳草徒萋萋　春月二首
九重依夜管四壁慘無暉招搖顧西落烏鵲向東飛流螢漸收火絡緯欲催機
尒時思錦字持製行人衣所望丹心達嘉客儻能歸
露華初泥泥桂枝行棟棟殺氣下重軒輕陰滿四屋別寵增脩夜遠征悲獨宿
愁縈翠羽眉涙滿橫波目長門絕往來含情空杼軸　秋夜二首
落日照紅妝挾瑟當窗牖寧復歌蘼蕪惟聞歎楊柳結好在同心離別由衆口
徒設露葵羹誰酌蘭英酒會日杳無期蕣華安得久
相思不安席聊至狹邪東愁眉傚戚里髙髻學城中雙眉偏照日獨鬟好縈風
自陳心所想獻賦甘泉宮傳聞方鼎食詎憶春閨中　遊望二首

劉孝綽遥見隣舟主人投一物衆姬爭之有客請余爲詠

河流既浼浼河鳥復關關落花浮浦出飛雉度川還此日倡家女競嬌桃李顔良人惜美珥欲以代芳菅新縑疑故素盛趙蔑衰班曳綃事揜縠揺珮奪鳴環客心空振蕩高枝不可攀

淇上人戲蕩子婦示行事一首

桑中始奕奕淇上未湯湯美人要雜珮上客誘明璫日闇人聲静微步出蘭房露葵不待勸鳴琴無暇張翠釵挂已落羅衣拂更香如何嫁蕩子春夜守空牀不見青絲騎徒勞紅粉妝

賦詠得照棊燭刻五分成

南皮弦吹罷終弈且留賓日下房櫳闇華燭命佳人側光全照局回花半隱身不辭纖手倦羞令夜向晨

夜聽妓賦得烏夜啼

鵾弦且輟弄鶴操暫停徽別有啼烏曲東西相背飛倡人怨獨守蕩子遊未歸若逢生離曲長夜泣羅衣

賦得遺所思

遺簪雕瑇瑁贈綺織鴛鴦未若華滋樹交枝蕩子房別前秋已落別後春更芳
所思不可寄惟憐盈袖香

劉遵繁華應令

可憐周小童微笑摘蘭叢鮮膚勝粉白慢臉若桃紅挾彈雕陵下垂鉤蓮葉東
腕動飄香麝衣輕任好風幸承拂枕選得奉畫堂中金屏障翠被藍帊覆薰籠
本欲傷輕薄含辭羞自通剪袖恩雖重殘桃愛未終蛾眉詎須嫉新妝遞入宮

從頓還城應令

漢水深難渡深潭見底清錦笮繫鳧舸珠竿懸翠旍鳴笳芳樹曲流唱采蓮聲
神遊不停駕日暮反連營寧顧空房裏階上綠苔生

王訓奉和率尔有詠

殿內多僊女從來難比方別有當窗豔復是可憐妝學舞勝飛鷰染粉薄南陽
散黃分黛色薰衣雜棗香簡釵新輾翠試履逆填牆一朝恃容色非復守空房
君恩若可恃願作雙鴛鴦

庾肩吾詠得有所思

佳期竟不歸春物坐芳菲拂匣看離扇開箱見別衣井桐生未合宮槐卷復稀

不及銜泥鷰從來相逐飛

詠美人自看畫應令

欲知畫能巧喚取眞來映並出似分身相看如照鏡安釵等疎密著領俱周正

不解平城圍誰與丹青競

賦得橫吹曲長安道

桂宮連複道黃山開廣路遠聽平陵鐘遥識新豐樹合殿生光彩離宮起煙霧

日落歌吹還塵飛車馬度

南苑還看人

春花競玉顏俱折復俱攀細腰宜窄衣長釵巧挾鬟洛橋初度燭青門欲上關

中人應有望上客莫前還

送別於建興苑相逢

相逢小苑北停車問苑中梅新雜柳故粉白映綸紅去影背斜日香衣臨上風

雪流階漸黑冰開池半通去馬船難駐嗁烏曲未終春然從此別車西馬復東

和湘東王二首

征人別未久年芳復臨牖燭下夜縫衣春寒偏著手願及歸飛鴈因書寄

高柳　應令春宵

隣鷄聲已傳愁人竟不眠月光侵曙後霜明落曉前縈鬟起照鏡誰忍插花鈿

應令冬曉

劉孝威侍宴賦得龍沙宵月明

鵲飛空繞樹月輪殊未圓常娥望不出桂枝猶隱殘落照移樓影浮光動斷瀾櫪馬悲羌吹城烏啼塞寒傳聞機杼妾愁余衣服單當秋終已脆銜啼織復難歛眉雖不樂舞劒強爲歡請謝函關吏行當泥一丸

奉和湘東王應令冬曉

妾家邊洛城慣識曉鐘聲鐘聲猶未盡漢使報應行天寒硯水凍心悲書不成

鄀縣遇見人織率尒寄婦

妖姬含怨情織素起秋聲度梭環玉動踏躡珮珠鳴經稀疑杼澀緯斷恨絲輕蒲桃始欲罷鴛鴦猶未成雲棟共徘徊紗窻相向開窻疎眉語度紗輕眼笑來朧朧隔淺紗的的見妝華鏤玉同心藕雜寶連枝花紅衫向後結金簪臨鬢斜機頂挂流蘇機傍垂結珠靑絲引伏兔黄金繞鹿盧艷彩裾邊出芳脂口上渝百城交問道五馬共踟躕直爲閨中人守故不要新寵啼漬花枕覺淚濕羅巾

獨眠眞自難重衾猶覺寒逾憶凝脂暖彌想横陳歡行驅金絡騎歸就城南端

城南稍有期想子亦勞思羅襦久應罷花釵堪更治新妝莫黜黛余還自畫眉

徐君蒨共内人夜坐守歲

歡多情未極賞至莫停杯酒中挑喜子粽裏覓楊梅簾開風入帳燭盡炭成灰

勿疑鬢釵重爲待曉光來

初春攜内人行戲

梳飾多今世衣著一時新草短猶通屧梅香漸著人樹斜牽錦帔風横入紅綸

滿酌蘭英酒對此得娛神

鮑泉南苑看遊者

洛陽小苑地車馬盛經過緣溝駐行幰傍柳轉鳴珂履高含響珮襪輕生隱羅

浮雲無處所何用轉横波

落日看還

妖姬競早春上苑逐名辰落輕變水色霞濃掩日輪雕甍斜落影畫扇拂遊塵

衣香遥已度衫紅遠更新誰家蕩舟妾何處織縑人

劉緩敬酬劉長史詠名士悅傾城

不信巫山女不信洛川神何關別有物還是傾城人經共陳王戲曾與宋家隣未嫁先名玉來時本姓秦粉光猶似面朱色不勝脣遥見疑花發聞香知異春釵長逐鬟髲襪小稱䠞身夜夜言嬌盡日日態還新工傾荀奉倩能迷石季倫上客徒留目不見正横陳

雜詠和湘東王三首

別後春池異荷盡欲生冰箱中剪刀冷臺上面脂凝纖䠞轉無力寒衣恐不勝　寒閨

樓上起秋風絶望秋閨中燭溜花行滿香燃簽欲空徒交兩行淚俱浮妝上紅　秋夜

不堪寒夜久夜夜守空牀衣裾逐坐襵釵影近鐙長無憐四幅錦何須辟惡香　冬宵

鄧鏗和陰梁州雜怨

別離雖未久遂如長別離叢桂頻銷葉庭樹幾攀枝君言妾貌改妾畏君心移終須一相見併得兩相知

奉和夜聽妓聲

燭華似明月鬢影勝飛橋妓兒齊鄭舞爭妍學楚要新歌自作曲舊瑟不須調
衆中俱不笑座上莫相撩

甄固奉和世子春情

昨晚褰簾望初逢雙鷰歸今朝見桃李不啻數花飛以愁春欲度無復寄芳菲

庾信奉和詠舞

洞房花燭明燕餘雙舞輕頓履隨疎節低鬟逐上聲半轉行初進飄衫曲未成
回鸞鏡欲滿鵲顧市應傾已曾天上學詎似世中生

七夕

牽牛遥映水織女正登車星橋通漢使機石逐僊槎隔河相望近經秋離別賒
愁將今夕恨復著明年花

仰和何僕射還宅懷故

紫閣旦朝罷中臺文奏稀無復千金笑徒勞五日歸步檐朝未埽蘭房晝掩扉
菭生理曲處網積回文機故瑟餘弦斷歌梁秋鷰飛朝雲雖可望夜帳定難依
願憑甘露入方假慧鐙煇寧知洛城晚還淚獨霑衣

劉邈萬山見采桑人

倡妾不勝愁結束下青樓逐伴西蠶路相攜東陌頭葉盡時移樹枝高乍易鉤絲繩挂且脫金籠寫復收蠶飢日已暮誆爲使君留

見人織聊爲之詠

纖纖運玉指䏈䏈正蛾眉振躡開交縷停梭續斷絲檐花照初月洞戶未垂帷弄機行掩淚翻令織素遲

秋閨

螢飛綺窗外妾思霍將軍鐙前量獸錦檐下織花紋墜露如輕雨長河似薄雲秋還百種事衣成未暇薰

鼓吹曲　折楊柳

高樓十載別楊柳擢絲枝摘葉驚開駛攀條恨久離年年阻音信月月減容儀春來誰不望相思君自知

紀少瑜建興苑

丹陵抱天邑紫淵更上林銀臺懸百仞玉樹起千尋水流冠蓋影風揚歌吹音峙嶒憐拾翠顧步惜遺簪日落庭花轉方幰屢移陰終言樂未極不道愛黃金

擬吳均體應教

庭樹發春煇遊人競下機却匣擎歌扇開箱擇舞衣桑萎不復惜看光遽將夕
自有專城居空持迷上客

春日

愁人試出牖春色定無窮參差依網日澄蕩入簾風落花還繞樹輕飛去隱空
徒令玉筯迹雙垂明鏡中

聞人蒨春日

高臺動春色清池照日華綠葵向光轉翠柳逐風斜林有驚心鳥園多奪目花
相與咸知節歎子獨離家行人今不返何勞空折麻

徐孝穆走筆戲書應令

此日乍殷勤相嫌不如春今宵花燭淚非是夜迎人舞席秋來卷歌筵無數塵
曾經新代故那惡故迎新片月窺花簟輕寒入帔巾秋來應瘦盡偏自著腰身

奉和詠舞

十五屬平陽因來入建章主家能教舞城中巧旦妝低鬟向綺席舉袖拂花黃
燭送窗邊影衫傳鈴裏香當關好留客故作舞衣長

和王舍人送客未還閨中有望

倡人歌吹罷對鏡覽紅顏拭粉留花稱除釵作小鬟綺鐙停不滅高扉掩未關

良人在何處惟見月光還

爲羊兗州家人荅餉鏡

信來贈寶鏡亭亭似圓月鏡久自逾明人久情逾歇取鏡挂空臺於今莫復開

不見孤鸞鳥亡魂何處來

吴孜春閨怨

玉關信使斷借問不相諳春光太無意窺窻來見參久與光音絕忽值日東南

柳枝皆嬲鷰桑葉復催蠶物色頓如此孀居自不堪

湯僧濟詠渫井得金釵

昔日倡家女摘花露井邊摘花還自插照井還自憐窺窺終不罷笑笑自成妍

寶釵於此落從來不憶年翠羽成泥去金色尚如先此人今不在此物今空傳

徐悱妻劉氏和婕妤怨

日落應門閉愁思百端生況復昭陽近風傳歌吹聲寵移終不恨讒枉太無情

只言爭分理非妒舞腰輕

王叔英妻劉氏和昭君怨

一生竟何定萬事良難保丹青失舊圖玉匣成秋草相接辭關淚至今猶未燥

漢使汝南還殷勤爲人道

玉臺新詠卷第八

函止

此集錄之最古者後人以校案證昭明之謬然槧本
謬誤滋多及得此宋槧老目為之一明惜均之不肯
割愛題字還之正如歸來堂上韓滉畫卷也時
嘉慶丁丑長至前一日同觀者聽香曼生晴崖蓮庵并
記於袁浦之竿木盦

玉臺新詠卷第九

歌辭二首

東飛伯勞西飛燕黃姑織女時相見誰家女兒對門居開華發色照里閭南窻北牖挂明光羅帷綺帳脂粉香女兒年幾十五六窈窕無雙顏如玉三春已暮花從風空留可憐與誰同

河中之水向東流洛陽女兒名莫愁莫愁十三能織綺十四采桑南陌頭十五嫁爲盧家婦十六生兒字阿侯盧家蘭室桂爲梁中有鬱金蘇合香頭上金釵十二行足下絲履五文章珊瑚挂鏡爛生光平頭奴子提履箱人生富貴何所望恨不嫁與東家王

越人歌一首并序

楚鄂君子皙者乘青翰之舟張翠羽之蓋榜拽越人悅之擢檝而越歌以感鄂君歡然舉繡被而覆之其辭曰

今夕何夕搴舟中流今日何日與王子同舟山有木兮木有枝心悅君兮君不知

司馬相如琴歌二首并序

司馬相如遊臨邛富人卓王孫有女文君新寡竊於壁閒窺之相如鼓琴歌挑之曰

鳳兮鳳兮歸故鄉遨遊四海求其皇時未通遇無所將何悟今夕昇斯堂有豔淑女在此方室迩人遐獨我腸何緣交頸爲鴛鴦

皇兮皇兮從我棲得託孶尾永爲妃交情通體心和諧中夜相從知者誰雙興俱起翻高飛無感我心使予悲

烏孫公主歌詩一首并序

漢武元封中以江都王女細君爲公主嫁與烏孫昆弥至國而自治室宮歲時
一再會言語不通公主悲愁自作歌曰
吾家之嫁我兮天一方遠託異國兮烏孫王穹廬爲室兮氈爲牆肉爲食兮酪
爲漿常思漢土兮心內傷願爲飛黃鵠兮還故鄉

漢成帝時童謠歌二首并序

漢成帝趙皇后名飛鷰寵幸冠於後宮常從帝出入時富平侯張放亦稱佞幸
爲期門之遊故歌云張公子時相見也飛鷰嬌妒成帝無子故云啄皇孫華而
不實王莽自云代漢者德土色尚黃故云黃雀飛鷰竟以廢死故爲人所憐者也
鷰鷰尾殿殿張公子時相見木門蒼狼根鷰飛來啄皇孫
桂樹華不實黃雀巢其顛昔爲人所羡今爲人所憐

漢桓帝時童謠歌二首

大麥青青小麥枯誰當穫者婦與姑丈夫何在西擊胡吏買馬君具車請爲諸
君鼓嚨胡
城上烏尾畢逋公爲吏兒爲徒一徒死百乘車車班班至河閒至河閒姹女能
數錢錢爲室金爲堂石上春聽粱聽粱之下有懸鼓我欲擊之丞相怒

張衡四愁詩四首

一思曰我所思兮在太山欲往從之梁甫艱側身東望涕霑翰美人贈我金錯刀何以報之英瓊瑤路遠莫致倚逍遥何爲懷憂心煩勞

二思曰我所思兮在桂林欲往從之湘水深側身南望涕霑襟美人贈我琴琅玕何以報之雙玉盤路遠莫致倚惆悵何爲懷憂心煩怏

三思曰我所思兮在漢陽欲往從之隴阪長側身西望涕霑裳美人贈我貂襜褕何以報之明月珠路遠莫致倚踟躕何爲懷憂心煩紆

四思曰我所思兮在鴈門欲往從之雪紛紛側身北望涕霑巾美人贈我錦繡段何以報之青玉案路遠莫致倚增歎何爲懷憂心煩惋

秦嘉贈婦詩一首四言

曖曖白日引曜西傾啾啾鷄雀羣飛赴楹皎皎明月煌煌列星嚴霜悽愴飛雪覆庭寂寂獨居寥寥空室飄飄帷帳熒熒華燭尓不是居帷帳焉施尓不是照華燭何爲

魏文帝樂府燕歌行二首

秋風蕭瑟天氣涼草木揺落露爲霜羣鷰辭歸鴈南翔念君客遊多思腸慊慊

思歸戀故鄉君爲淹留寄他方賤妾煢煢守空房憂來思君不可忘不覺淚下霑衣裳援琴鳴弦發清商短歌微吟不能長明月皎皎照我牀星漢西流夜未央牽牛織女遥相望尔獨何辜限河梁

別日何易會日難山川悠遠路漫漫鬱陶思君未敢言寄聲浮雲往不還涕零雨面毀容顔誰能懷憂獨不歎展詩清歌聊自寛樂往哀來摧肺肝耿耿伏枕不能眠披衣出戸步東西仰看星月觀雲間飛鶴晨鳴聲可憐留連顧懷不能存

曹植樂府妾薄命行一首六言

日月既是西藏更會蘭室洞房華鐙步障舒光皎若日出榑桑促樽合坐行觴主人起舞溢盤能者冗觸別端騰觚飛爵闌干同量等色齊顔任意交屬所歡朱顔發外形蘭袖隨禮容極情妙舞仙仙體輕裳解履遺絶纓俛仰笑喧無呈覽持佳人玉顔齊接金爵翠盤手形羅袖良難腕弱不勝珠環坐者歎息舒顔御巾裛粉君傍中有霍納都梁雞舌五味雜香進者何人齊姜恩重愛深難忘召延親好宴私但歌杯來何遲客賦既醉言歸主人稱露未晞

傅玄擬北樂府三首

歷九秋兮三春分遣貴客兮遠賓顧多君心所親乃命妙妓才人炳若日月星

辰其一序金罍兮玉觴賓主遞起鴈行栝若飛電絕光交觴接卮結裳慷慨歡笑
萬方其二奏新詩兮夫君爛然虎變龍文渾如天地未分齊謳楚舞紛紛歌聲上
激青雲其三窮八音兮異倫奇聲靡靡每新微笑素齒丹脣逸響飛薄梁塵精爽
眇眇入神其四坐咸醉兮沾歡引樽促席臨軒進爵獻壽翻翻千秋要君一言願
愛不移若山其五君恩愛兮不竭譬若朝日夕月此景萬里不絕長保初醮結髮
何憂坐生胡越其六攜弱手兮金鐶上遊飛閣雲間穆若鴛鳳雙鸞還幸蘭房自
安娛心極樂難原其七樂既極兮多懷盛時忽逝若積寒暑革御景回春榮隨風
飄摧感物動心增哀其八妾受命兮孤虛男兒墮地稱姝女弱難存若無骨肉至
親更疏奉事他人託軀其九君如影兮隨形賤妾如水浮萍明月不能常盈誰能
無根保榮良時冉冉代征其十顧綉領兮含暉皎日回光側微朱華忽尔漸衰影
欲捨形高飛誰言往恩可追其十一蕣與麥兮夏零蘭桂踐霜逾馨祿命懸天難明
妾心結意丹青何憂君心中傾其十二

歷九秋篇　董桃行

車遥遥兮馬洋洋追思君兮不可忘君安遊兮西入秦願爲影兮隨君身君在
陰兮影不見君依光兮妾所願

車遥遥篇

燕人美兮趙女佳其室則邇兮限層崖雲爲車兮風爲馬玉在山兮蘭在野雲

無期兮風有止思心多端兮誰能理　燕人美篇

擬四愁詩四首并序

昔張平子作四愁詩體小而俗七言類也聊擬而作之名曰擬四愁詩其辭曰

我所思兮在瀛洲願爲雙鵠戲中流牽牛織女期在秋山高水深路無由愍余不遘嬰殷憂佳人貽我明月珠何以要之比目魚海廣無舟悵勞劬寄言飛龍天馬駒風起雲披飛龍逝驚波滔天馬不厲何爲多念心憂世　其一

我所思兮在珠崖願爲比翼浮清池剛柔合德配二儀形影一絕長別離愍余不遘情如擕佳人貽我蘭蕙草何以要之同心鳥火熱水深憂盈抱申以琬琰夜光寶卞和既沒玉不察存若流光忽電滅何爲多念獨薀結　其二

我所思兮在崑山願爲鹿麠闚虞淵日月回曜照景天參辰曠隔會無緣愍余不遘罹百艱佳人貽我蘇合香何以要之翠鴛鴦懸度弱水川無梁申以錦衣文繡裳三光騁邁景不留鮮矣民生忽如浮何爲多念秖自愁　其三

我所思兮在朔方願爲飛鴈俱南翔煥乎人道著三光胡越殊心生異鄉愍余不遘罹百殃佳人貽我羽葆纓何以要之影與形增冰憂結繁華零申以日月指明星星辰有翳日月移駑馬哀鳴慙不馳何爲多念徒自虧　其四

盤中詩一首

山樹高鳥鳴悲泉水深鯉魚肥空倉雀常苦飢吏人婦會夫希出門望見白衣謂當是而更非還入門中心悲北上堂西入階急機絞杼聲催長歎息當語誰君有行妾念之出有日還無期結中帶長相思君忘妾天知之妾忘君罪當治妾有行宜知之黃者金白者玉高者山下者谷姓爲蘇字伯玉作人才多智謀足家居長安身在蜀何惜馬蹄歸不數羊肉千斤酒百斛令君馬肥麥與粟今時人智不足與其書不能讀當從中央周四角

張載擬四愁詩四首

我所思兮在南巢欲往從之巫山高登崖遠望涕泗交我之懷矣心傷勞佳人遺我筩中布何以贈之流黃素願因飄風超遠路終然莫致增想慕其一

我所思兮在朔湄欲往從之白雪霏登崖永眺涕泗頹我之懷矣心傷悲佳人遺我雲中翮何以贈之連城璧願因歸鴻起遐隔終然莫致增永積其二

我所思兮在隴原欲往從之隔泰山登崖遠望涕泗連我之懷矣心傷煩佳人遺我雙角端何以贈之雕玉環願因行雲超重巒終然莫致增永歎其三

我所思兮在營州欲往從之路阻脩登崖遠望涕泗流我之懷矣心傷憂佳人

遺我綠綺琴何以贈之雙南金願因流波超重深終然莫致增永吟其四

晉惠帝時童謠歌一首

鄴中女子莫千妖前至三月抱胡胥

陸機樂府燕歌行一首

四時代序逝不追寒風習習落葉飛蟋蟀在堂露盈階念君遠遊常苦悲君何緬然久不歸賤妾悠悠心無違白日既没明鐙輝寒禽赴林匹鳥棲雙鳩關關宿河湄憂來感物涕不晞非君之念思為誰別日何早會何遲

鮑昭代淮南王二首

淮南王好長生服食鍊氣讀僊經琉璃藥盌牙作盤金鼎玉匕合神丹合神丹戲紫房紫房彩女弄明璫鸞歌鳳舞斷君腸

朱城九門門九開願逐明月入君懷入君懷結君珮怨君恨君恃君憂築城思堅劒思利同盛同衰莫相棄

代白紵歌辭二首

朱脣動素腕舉洛陽少童邯鄲女古稱綠水今白紵催弦急管為君舞窮秋九月荷葉黃北風驅鴈天雨霜夜長酒多樂未央

春風澹蕩使思多天色淨綠氣妍和桃含紅萼蘭紫牙朝日灼爍發園花卷橫
結帷羅玉筵齊謳秦吹盧女弦千金顧笑買芳年

行路難四首

中庭五株桃一株先作花陽春妖冶二三月從風簸蕩落西家西家思婦見之
惋零淚霑衣撫心歎初送我君出戶時何言淹留節回換牀席生塵明鏡垢纖
腰瘦削髮蓬亂人生不得常稱意惆悵徙倚至夜半

剉蘖染黃絲黃絲歷亂不可治昔我與君始相值爾時自謂可君意結帶與我
言死生好惡不相置今日見我顏色衰意中錯漠與先異還君玉釵瑇瑁簪不
忍見之益悲思

奉君金卮之酒瑇瑁玉匣之雕琴七彩芙蓉之羽帳九華蒲萄之錦衾紅顏
零落歲將暮寒花宛轉時欲沈願君裁悲且減思聽我抵節行路吟不見柏梁
銅雀上寧聞古時清吹音

璿閨玉墀上椒閣文窗繡戶垂綺幕中有一人字金蘭被服纖羅蘊芳藿春燕
差池風散梅開帷對影弄禽雀含歌攬淚不能言人生幾時得爲樂寧作野中
雙飛鳧不願雲間別翅鶴

釋寶月行路難一首

君不見孤鴈關外發酸嘶度楊越空城客子心腸斷幽閨思婦氣欲絶凝霜夜下拂羅衣浮雲中斷開明月夜夜遥遥徒相思年年望望情不歇寄我匣中青銅鏡倩人爲君除白髮行路難行路難夜聞南城漢使度使我流淚憶長安

陸厥李夫人及貴人歌一首

屬車挂席塵豹尾香煙滅彤殿向蘼蕪青蒲復委絶坐委絶對蘼蕪臨丹階泣椒塗寡鶴羈雌飛且上雕梁翠壁網蜘蛛洞房明月夜對此淚如珠

沈約八詠二首 六首在卷末

望秋月秋月光如練照曜三爵臺徘徊九華殿九華瑇瑁梁華榱與璧璫以兹雕麗色持照明月光凝華入黼帳清暉懸洞房先過飛鸞戶却照班姬牀桂宮裊裊落桂枝露寒淒淒凝白露上林晚葉颯颯鳴鴈門早鴻離離度湛秀質兮似規委清光兮如素照愁軒之蓬影映金階之輕步居人臨此笑以歌別客對之傷且慕經衰圃映寒叢凝清夜帶秋風隨庭雪以偕素與池荷而共紅臨玉墀之皎皎含霜靄之濛濛轥天衢而徙步轢長漢而飛空隱巖崖而半出隔帷櫳而纔通散朱庭之奕奕入青瑣而玲瓏闕階悲寡鵠沙州怨別鴻昭姬泣胡

殷明君思漢宮余亦何爲者淹留此山東　望秋月

臨春風春風起春樹遊絲曖如網落花雰似霧先泛天淵池還過細柳枝蜨逢飛搖颺鶯值羽差池揚桂旆動芝蓋開燕裾吹趙帶趙帶飛參差燕裾合且離回簪復轉黛顧步惜容儀容儀已照灼春風復回薄氛氳桃李花青樹含素萼既爲風所開復爲風所落搖綠帶杭紫莖舞春雪雜流鶯曲房開兮金鋪響金鋪響兮妾思驚梧桐未陰淇川如碧迎行雨於高唐送歸鴻於碣石經洞房響紈素感幽閨思帷帟想芳園可以遊念蘭翹兮漸堪摘拂明鏡之冬塵解羅衣之秋襞衣既鏗鏘以動珮又氛氳而流麝始搖蕩以入閨終徘徊而緣隙鳴珠簾於繡戶散芳塵於綺席是時悵思歸安能久行役佳人不在茲春風爲誰惜　臨春風

春日白紵曲一首

蘭葉參差桃半紅飛芳舞縠戲春風翡翠羣飛飛不息願在雲間長比翼

秋日白紵曲一首

白露欲凝草已黃金琯玉柱響洞房雙心一影俱回翔吐情寄君君莫忘

吳均行路難二首

君不見上林苑中客冰羅霧縠象牙席盡是得意忘言者探腸見膽無所惜白酒甜鹽甘如乳綠觴皎鏡華如碧少年恃名不肯嘗安知白駒應過隙博山鑪中百和香鬱金蘇合及都梁逶迤好氣佳容貌經過青瑣歷紫房已入中山陰后帳復上皇帝班姬牀班姬失寵顏不開奉帚供養長信臺日暮耿耿不能寐秋風切切四面來玉階行路生細草金鑪香炭變成灰得意失意須臾頃非君方寸逆所裁

洞庭水上一株桐經霜觸浪困嚴風昔時抽心曜白日今旦臥死黃沙中洛陽名工見咨嗟一剪一刻作琵琶白璧規心學明月珊瑚映面作風花帝王見賞不見忘提攜把握登建章掩抑摧藏張女彈殷勤促柱楚明光年年月月對君子遙遙夜夜宿未央未央彩女弄鳴篪爭見拂拭生光儀茱萸錦衣玉作匣安念昔日枯樹枝不學衡山南嶺桂至今千年猶未知

張率擬樂府長相思二首

長相思久離別美人之遠如雨絕獨延佇心中結望雲去去遠望鳥飛飛滅空望終若斯珠淚不能雪

長相思久別離所思何在若天垂鬱陶相望不得知玉階月夕映羅帷羅帷風

夜吹長思不能寢坐望天河移

白紵歌辭二首

歌兒流唱聲欲清舞女趁節體自輕歌舞並妙會人情依弦度曲婉盈盈揚蛾爲態誰目成

妙聲屢唱輕體飛流津染面散芳菲俱動齊息不相違令彼嘉客澹忘歸時久翫夜明星稀

費昶行路難二首

君不見長安客舍門倡家少女名桃根貧窮夜紡無鐙燭何言一朝奉至尊至尊離宮百餘處千門萬戶不知曙惟聞啞啞城上烏玉欄金井牽鹿盧丹梁翠柱飛屠蘇香薪桂火炊彫胡當年翻覆無常定薄命爲女何必麤

君不見人生百年如流電心中埳壈君不見我昔初入椒房時詎減班姬與飛鷰朝踰金梯上鳳樓暮下瓊鉤息鸞殿柏臺晝夜香錦帳自飄颺笙歌鄒上吹琵琶陌上桑過蒙恩所賜餘光曲霑被既逢陰后不自專復值程姬有所避黃河千年始一清微軀再逢永無議蛾眉偃月徒自妍傅粉施朱欲誰爲不如天淵水中鳥雙去雙歸長比翅

皇太子聖製烏棲曲四首 簡文

芙蓉作船絲作綍北斗横天月將落采蓮渡頭礙黄河郎今欲渡畏風波

浮雲似帳月成鉤那能夜夜南陌頭宜城醖酒今行熟停鞍繫馬暫棲宿

青牛丹轂七香車可憐今夜宿倡家倡家高樹烏欲棲羅帷翠帳向君低

織成屏風銀屈膝朱脣玉面鐙前出相看氣息望君憐誰能含羞不自前

雜句從軍行一首

雲中亭障羽檄驚甘泉烽火通夜明貳師將軍新築營嫖姚校尉初出征復有山西將絶世受雄名三門應遁甲五壘學神兵白雲隨陣色蒼山荅鼓聲邐迤觀鵝翼參差覩鴈行先平小月陣却滅大宛城善馬還長樂黄金付水衡小婦趙人能鼓瑟侍婢初笄解鄭聲庭前桃花飛已合必應紅妝起見迎

和蕭侍中子顯春別四首七言

別觀蒲萄帶實垂江南荳蔲生連枝無情無意猶如此有心有恨徒別離

蜘蛛作絲滿帳中芳草結葉當行路紅臉脉脉一生啼黄鳥飛飛有時度故人雖故昔經新新人雖新復應故

可憐淮水去來潮春隄楊柳覆河橋淚跡未燥詎終朝行聞玉珮已相要

桃紅李白若朝莊羞持憔悴比新楊不惜暫住君前死愁無西國更生香

雜句春情一首

蜨黃花紫鷰相追楊低柳合路塵飛已見垂鉤挂綠樹誠知淇水霑羅衣兩童夾車問不已五馬城南猶未歸鶯啼春欲駛無爲空掩扉

擬古一首

窺紅對鏡歛雙眉含愁拭淚坐相思念人一去許多時眼語笑靨迎來情心懷心想甚分明憶人不忍語銜恨獨吞聲

倡樓怨節一首 六言

朝日斜來照戶春鳥爭飛出林片光片影皆麗一聲一囀煎心上林紛紛花落淇水漠漠落浮年馳節流易盡何爲忍憶含羞

湘東王春別應令四首 七言

昆明夜月光如練上林朝花色如霰花朝月夜動春心誰忍相思不相見

試看機上交龍錦還瞻庭裏合歡枝映日通風影朱幔飄花拂葉度金池不聞離人當重合惟悲合罷會成離

門前楊柳亂如絲直置佳人不自持適言新作裂紈詩誰悟今成織素辭

日暮徙倚渭橋西正見涼月與雲齊若使月光無近遠應照離人今夜啼

蕭子顯春別四首

飜鶯度燕雙比翼楊柳千條共一色但看陌上攜手歸誰能對此空中憶

幽宮積草自芳菲黃鳥芳樹情相依爭風競日常聞響重花疊葉不通飛當知此時動妾思慙使羅袂拂君衣

江東大道日華春垂楊挂柳埽輕塵淇水昨送淚霑巾紅妝宿昔已應新

銜悲攬涕別心知桃花李色任風吹本知人心不似樹何意人別似花離

樂府烏棲曲應令二首

握中酒栝馬腦鍾裾邊雜珮琥珀龍欲持寄君心不惜共指三星今何夕

淚黛紅輕點花色還欲令人不相識金壺夜水誰能多莫持縣用比懸河

燕歌行

風光遲舞出青蘋蘭條翠鳥鳴發春洛陽梨花落如雪河邊細草細如茵桐生井底葉交枝今看無端雙燕離五重飛樓入河漢九華閣道暗清池遙看白馬津上吏傳道黃龍征戍兒明月金光徒照妾浮雲玉葉君不知思君昔去柳依依至今八月避暑歸明珠蠶繭勉登機鬱金香蘇特香衣洛陽城頭雞欲曙丞

相府中烏未飛夜寢征人縫狐貉私憐織婦裁錦緋吳刀鄭綿絡寒閨夜被薄
芳年海上水中鳬日暮寒夜空城雀

王筠行路難一首

千門皆閉夜何央百憂俱集斷人腸探揣箱中取刀尺拂拭機上斷流黃情人
逐情雖可恨復畏邊遠乏衣裳已繰一繭催衣縷復擣百和裛衣香猶憶去時
腰大小不知今日身短長裲襠雙心共一袜袙複兩邊作八襊襻帶雖安不忍
縫開孔裁穿猶未達胷前却月兩相連本照君心不照天願君分明得此意勿
復流蕩不如先含悲含怨判不死封情忍思待明年

劉孝綽元廣州景仲座見故姬一首

畱故夫不峙睹別待春山上相看采蘼蕪

劉孝威擬古應教一首

雙棲翡翠兩鴛鴦巫雲落月乍相望誰家妖冶折花枝娥眉曼睩使情移青鋪
綠瑣琉璃扉瓊筵玉笥金縷衣美人年幾可十餘含羞轉笑斂風裾珠丸出彈
不可追空畱可憐持與誰

徐君蒨別義陽郡二首

翔鳳樓遥望與雲浮歌聲臨樹出舞影入江流葉落看邨近天高應向秋

飾面亭莊成更點星頰上紅疑淺眉心黛不青故留殘粉絮挂看箔簾釘

王叔英婦贈荅一首

妝鉛點黛拂輕紅鳴環動珮出房櫳看梅復看柳淚滿春衫中

沈約古詩題六首 八詠孝穆止収前二首此皆後人附録故在卷末

愍衰草衰草無容色憔悴荒徑中寒荄不可識昔時兮春日昔日兮春風含華兮佩實垂綠兮散紅氛氲鳷鵲右照曜望僊東送歸顧暮泣淇水嘉客淹留懷上宮巖陬兮海岸冰多兮霰積爛漫兮客根欑幽兮寓隙布綿密於寒皋吐纖疎於危石既惆悵於君子倍傷心於行役露高枝於初旦霜紅天於始夕彫芳卉之九衢霣靈茅之三脊風急崤道難秋至客衣單既傷檐下菊復悲池上蘭飄落逐風盡方知歲早寒流螢暗明燭鴈聲斷纔續萎絶長信宮蕪穢丹墀曲霜奪莖上紫風銷葉中綠山變文兮青薇水折兮平葦秋鴻兮疎引寒烏兮聚飛逕荒寒草合桐長舊巖圍夜漸靡蕪沒霜露日霑衣顧逐晨征鳥薄暮共西歸　歲暮愍衰草

悲落桐落桐早霜露鷰至葉未擣鴻來枝已素本出龍門山長枝仰刺天上峯

百丈絕下趾萬尋懸幽根已盤結孤株復危絕初不照光景終年負霜雪自顧
無羽儀不願生曲池芬芳本自乏華實無可施匠者特留眄王孫少見之分取
生孤枿徙置北堂垂宿莖擢晚幹新葉生故枝故枝雖遼遠新葉頗離離春風
一朝至榮戶坐如斯自惟良菲薄君恩徒照灼顧已非嘉樹空用憑阿閣顧作
清廟琴為舞雙玄鶴薜荔可為裳文杏堪作梁勿言草木賤徒照君末光末光
不徒照為君含噭眺陽柯綠水弱陰枝苦寒調厚德非可任敢不盡其心若逢
陽春至吐綠照清潯　霜來悲落桐
聞夜鶴夜鶴叫南池對此孤明月臨風振羽儀伊吾人之菲薄無賦命之天爵抱
跼促之長懷隨春冬而哀樂慼海上之驚鳧傷雲間之離鶴離鶴昔未離近發天
北垂忽值疾風起暫下昆明池復值冬冰合水宿非所宜欲留不可住欲去飛已
疲勢逐疾風舉求溫向衡楚復值南飛鴻參差共成侶海上多雲霧蒼茫失州嶼
自此別故羣獨向瀟湘渚故羣不離散相依滄海畔夜止羽相切晝飛影相亂刷
羽共浮沈湛澹泛清潯既不得離別安知慕侶心九冬霜雪苦六翮飛不任且養
凌雲翅俛仰弄清音所望浮丘子旦夕來見尋　夕行聞夜鶴
聽曉鴻曉鴻度將旦跨弱水之微瀾發成山之遠岸怵春歸之未幾驚此歲之

云半出海漲之蒼茫入雲塗之杳漫無東西之可辨孰遐迩之能筭微昔見於
州渚赴秋期於江漢集勁風於弱軀負重雪於輕翰寒谿可以飲荒皋可以竄
谿水徒自清微容豈足翫秋蓬飛兮未極寒草萎兮無色楚山高兮杳難度越
水深兮不可測美明月之馳光顧征禽之騁翼伊余馬之屢懷知吾行之未極
夜綿綿而難曉愁參差而盈臆望山川悉無以惟星河猶可識聞鴈夜南飛客
淚夜霑衣春鴻思暮春反客子方未歸歲去驩娛盡年來容貌非攬衽形雖是撫
臆事多違青蒲雖長復易解白雲誠遠詎難依　晨征聽曉鴻
去朝市朝市深歸暮辭北纓而南徂浮東川而西顧逢天地之降祥值日月之重
光伊當仁之菲薄非余情之信芳充待詔於金馬奉高宴於柏梁觀鬭獸於虎圈
望窅窕於披香遊西園兮登銅爵舉青瑣兮眺重陽講金華兮議宣室晝武帷兮
夕文昌佩甘泉兮履五柞贊枍詣兮紱承光託後車兮侍華幄遊勃海兮泛清漳
天道有盈缺寒暑遞炎涼一朝賣玉碗眷眷惜餘香曲池無復處桂枝亦銷亡清
廟徒肅肅西陵久茫茫薄暮余多幸嘉運重來昌忝稽郡之南尉典千里之光貴劇
北荒於濁河戀橫橋於清渭望前軒之早桐對南階之初卉非余情之屢傷寄
茲焉兮能慰眷昔日兮懷哉日將暮兮歸去來　解珮去朝市

守山東山東萬嶺鬱青蔥兩谿共一寫水潔望如空岸側青莎被巖間丹桂叢
上瞻既隱軫下睇亦溟濛遠林響咆獸近樹聒鳴蟲路帶若谿右澗吐金華東
萬仞倒危石百丈注懸叢制掣曳瀉流電奔飛似白虹洞井含清氣漏穴吐飛風
玉竇膏滴瀝石乳室空籠峭嶀途弥險崖岨步纔通余捨平生之所愛欻暮年
而逢此願一去而不還恨鄒衣之未褫揖林壑之清曠事氓俗之紛詭幸帝德
之方升值天網之未毀既除舊而布新故化民而俗徙播趙俗以南徂扇齊風
以東靡乳雉方可馴流蝗庶能弭清心矯世濁儉政革民侈秩滿撫白雲淹留
事芝髓　　被褐守山東

玉臺新詠卷第九

玉臺新詠卷第十

紀少瑜詠殘鐙一首　王叔英婦暮寒絕句一首　戴暠詠欲眠詩一首

劉孝威古體雜意一首　詠佳麗一首

古絕句四首

藁砧今何在山上復有山何當大刀頭破鏡飛上天

日暮秋雲陰江水清且深何用通音信蓮花瑇瑁簪

菟絲從長風根莖無斷絕無情尚不離有情安可別

南山一樹桂上有雙鴛鴦千年長交頸歡愛不相忘

賈充與妻李夫人連句詩三首

室中是阿誰歎息聲正悲賈公歎息亦何爲但恐大義虧夫人

大義同膠漆匪石心不移賈公人誰不慮終日月有合離夫人

我心子所達子心我亦知賈公若能不食言與君同所宜夫人

孫綽情人碧玉歌二首

碧玉小家女不敢攀貴德感郎千金意慙無傾城色

碧玉破瓜時相爲情顛倒感郎不羞難回身就郎抱

王獻之情人桃葉歌二首

桃葉復桃葉渡江不用檝但渡無所苦我自迎接汝
桃葉復桃葉桃葉連桃根相憐兩樂事獨使我殷勤

桃葉荅王團扇歌三首

七寶畫團扇粲爛明月光與郎却暄暑相憶莫相忘
青青林中竹可作白團扇動揺郎玉手因風託方便
團扇復團扇持許自鄣面顦顇無復理羞與郎相見

謝靈運東陽谿中贈荅二首

可憐誰家婦緣流洒素足明月在雲間迢迢不可得
可憐誰家郎緣流乘素舸但問情若爲月就雲中墮

宋孝武詩三首

丁督護歌二首

督護上征去儂亦思聞許願作石尤風四面斷行旅
黃河流無極洛陽數千里坎軻戎途間何由見歡子

擬徐幹詩一首

自君之出矣金翠闇無精思君如日月回還晝夜生

許瑤詩二首

詠柟榴枕

端木生河側因病遂成妍朝將雲髩別夜與蛾眉連

昔如影與形今如胡與越不知行遠近忘去離年月　閨婦荅隣人

鮑令煇寄行人一首

桂吐兩三枝蘭開四五葉是時君不歸春風徒笑妾

近代西曲歌五首

生長石城下開門對城樓城中美年少出入見依投　石城樂

有客數寄書無信心相憶莫作瓶落井一去無消息　估客樂

歌舞諸年少娉婷無種跡菖蒲花可憐聞名不曾識　烏夜啼

朝發襄陽城暮至大隄宿大隄諸女兒花豔驚郎目　襄陽樂

蹔出白門前楊柳可藏烏郎作沈水香儂作博山鑪　楊叛兒

近代吳歌九首

朝日照北林初花錦繡色誰能春不思獨在機中織　春歌

鬱蒸仲暑月長嘯北湖邊芙蓉如結葉抛豔未成蓮　夏歌

秋風入窻裏羅帳起飄颺仰頭看明月寄情千里光　秋歌

淵冰厚三尺素雪覆千里我心如松柏君心復何似　冬歌

黃葛結濛籠生在洛谿邊花落逐流去何見逐流還　前谿

畱衫繡兩襠迮置羅裳裏微步動輕塵羅衣隨風起　上聲

遥遥天無柱流漂萍無根單身如螢火持底報郎恩　歡聞

紅羅複斗帳四角垂朱璫玉枕龍鬚席郎眠何處牀　長樂佳

柳樹得春風一低復一昂誰能空相憶獨眠度三陽　獨曲

近代雜歌三首

稽亭故人去九里新人還送一便迎兩無有暫時閑　尋陽樂

青荷蓋緑水芙蓉披紅鮮下有並根藕上生同心蓮　青陽歌曲

春蠶不應老晝夜常懷思何惜微軀盡纏綿自有時　蠶絲歌

近代雜詩一首

玉釧色未分衫輕似露腕舉袖欲鄣羞回持理鬢亂

丹陽孟珠歌一首

陽春二三月草與水同色道逢遊冶郎恨不早相識

錢唐蘇小歌一首

妾乘油壁車郎騎青驄馬何處結同心西陵松柏下

王元長詩四首

花帶今何在不是林下生何當垂兩髻團扇雲間明　擬古

自君之出矣金鑪香不燃思君如明燭中宵空自煎　代徐幹

秋夜長復長夜長樂未央舞袖拂明燭歌聲繞鳳梁　秋夜

冰容慙遠鑒水質謝明暉是照相思夕早望行人歸　詠火離合賦物為詠

謝朓詩四首

夕殿下珠簾流螢飛復息長夜縫羅衣思君此何極　玉階怨

渠盌送佳人玉柸要上客車馬一東西別後思今夕　金谷聚

綠草蔓如絲雜樹紅英發無論君不歸君歸芳已歇　王孫遊

佳期期未歸望望下鳴機徘徊東陌上月出行人稀　同王主簿有所思

虞炎有所思一首

紫藤拂花樹黃鳥間青枝思君一歎息苦淚應言垂

沈約詩三首

分首桃林岸送別峴山頭若欲寄音息漢水向東流　襄陽白銅鞮

殘朱猶曖曖餘粉上霏霏昨宵何處宿今晨拂露歸　早行逢故人車中為贈

影逐斜月來香隨遠風入言是定知非欲笑翻成泣　為隣人有懷不至

施榮泰詠王昭君一首

垂羅下椒閣舉袖拂胡塵唧唧撫心歎蛾眉誤殺人

高爽詠酌酒人一首

長筵廣未同上客嬌難遏還桮了不顧回身正顏色

吳興妖神贈謝府君覽一首

玉釵空中墮金鈿色行歇獨泣謝春風孤夜傷明月

江洪詩七首和巴陵王四詠

風生綠葉聚波動紫莖開含花復含實正待佳人來

采菱二首

白日和清風輕雲雜高樹忽然當此時采菱復相遇

潺湲復皎潔輕鮮自可悅橫使有情禽照影遂孤絕

綠水曲二首

塵容不忍飾臨池思客歸誰能取綠水無趣浣羅衣

孀居憎四時況在秋閨內淒葉流晚暉虛庭吐寒菜

秋風二首

北牖風催樹南籬寒蛬吟庭中無限月思婦夜鳴砧

上車畏不妍顧眄更斜轉太恨畫眉長猶言顏色淺

詠美人治妝

范靜婦詩三首

早信丹青巧重貨洛陽師千金買蟬鬢百萬寫蛾眉　王昭君歎二首

今朝猶漢地明旦入胡關高堂歌吹遠遊子夢中還一本云情寄南雲反思逐北風還

輕鬢學浮雲雙蛾擬初月水澂正落釵萍開理垂髮　映水曲

何遜詩五首

苑門闢千扇苑戶開萬扉樓殿間珠履竹樹隔羅衣　南苑

閨閤行人斷房櫳月影斜誰能北窗下獨對後園花　閨怨

鸎子戲還檐花飛落枕前寸心君不見拭淚坐調弦　爲人妾思

可聞不可見能重復能輕鏡前飄落粉琴上響餘聲　詠春風

竹葉響南窗月光照東壁誰知夜獨覺枕前雙淚滴　秋閨怨

吳均雜絕句四首

畫蟬已傷念夜露復霑衣昔別昔何道今令螢火飛

錦覆連枝滴繡領合歡斜夢中難言見終成亂眼花

蜘蛛檐下挂絡緯井邊嗁何當得見子照鏡窗東西

泣聽離夕歌悲銜別時酒自從今日去當復相思否

王僧孺詩二首

雪罷枝即青冰開水便緑復聞黄鳥思令作相思曲　春思

日晚應歸去上客强盤桓稍知玉釵重漸覺羅襦寒　爲徐僕射妓作

徐悱婦詩三首

長廊欣目送廣殿悦逢迎何當曲房裏幽隱無人聲　光宅寺

夕泣以非疎夢啼真太數惟當夜枕知過此無人覺　題甘蕉葉示人

摘同心支子贈謝孃因附此詩

兩葉雖爲贈交情永未因同心䖏何限支子最關人

姚翻詩三首

臨妝欲含涕羞畏家人知還持粉中絮擁淚不聽垂　代陳慶之美人爲詠

覺罷方知恨人心定不同誰能對角枕長夜一邊空　夢見故人

黄昏信使斷銜怨心悽悽回鐙向下榻轉面闇中啼　有期不至

王環代西豐侯美人一首

於今辭宴語方念泣離違無因從朔鴈一向黄河飛

梁武帝詩廿七首

秋月出中天遠近無偏異共照一光輝各懷離別思　邊戍詩

堂中綺羅人席上歌舞兒待我光泛灔爲君照參差　詠燭
昔聞蘭蕙月獨是桃李年春心儻未寫爲君照情筵　詠筆
柯亭有奇竹含情復抑揚妙聲發玉指龍音響鳳皇　詠笛
腕弱復低舉身輕由回縱可謂寫自歡方與心期共　詠舞
傾城非人美千載難里逢雖懷軒中意媿無鬒髮容　連句詩
階上歌入懷庭中花照眼春心一如此情來不可限　春歌三首
蘭葉始滿地梅花已落枝持此可憐意摘以寄心知
朱日光素冰黃花映白雪折梅待佳人共道陽春月
江南蓮花開紅光覆碧水色同心復同藕異心無異　夏歌四首
閨中花如繡簾上露如珠欲知有所思停織復跱躇
玉盤著朱李金杯盛白酒雖欲持自新復恐不甘口
含桃落花日黃鳥營飛時君佳馬已疲妾去蠶欲飢
繡帶合歡烜錦衣連理文情懷入夜月含笑出朝雲　秋歌四首
七彩紫金柱九華白玉梁但歌雲不去含吐有餘香
吹蒲未可停弦斷當更續俱作雙絲引共奏同心曲

當信抱梁期莫聽回風音鏡上兩入髻分明無兩心

子夜歌二首

恃愛如欲進含羞未肯前口朱發豔歌玉指弄嬌弦

朝日照綺錢光風動紈羅巧笑蒨兩犀美目揚雙蛾

上聲歌一首

花色過桃杏名稱重金瓊名歌非下里含笑作上聲

歡聞歌二首

豔豔金樓女心如玉池蓮持底報郎恩俱期遊梵天

南有相思木含情復同心遊女不可求誰能息空陰

團扇歌一首

手中白團扇淨如秋團月清風任動生嬌香承意發

碧玉歌一首

杏梁日始照蕙席歡未極碧玉奉金杯淥酒助花色

襄陽白銅鞮歌三首

陌頭征人去閨中女下機含情不能言送別霑羅衣

草樹非一香花葉百種色寄語古情人知我心相憶

龍馬紫金鞍翠毦白玉羈照燿雙闕下知是襄陽兒

皇太子雜題二十一首　簡文

被空眠數覺寒重夜風吹羅幃非海水那得度前知　寒閨

本自巫山來無人覩容色惟有楚王臣曾言夢相識　行雨

依帷濛重翠帶日聚輕紅定為歌聲起非關團扇風　梁塵

兎絲生雲夜蛾形出漢時欲傳千里意不照十年悲

華月 已上雜詠四首

北斗闌干去夜夜心獨傷月輝橫射枕鐙光半隱牀

夜夜曲

蹔別兩成疑開簾生舊憶都如未有情更似新相識

從頓還城南

客行秖念路相將度江口誰知隄上人拭淚空搖手

春江曲

新禽應節歸俱向吹樓飛入簾驚鈿響來窻礙舞衣

新鸎

彈筝北窻下夜響清音愁張高弦易斷心傷曲不適

彈筝

錦幔扶船列蘭橈拂浪浮去燭猶文水餘香尚滿舟

夜遣內人還後舟

頂分如兩髻簪長驗上頭捉梧如欲轉疑殘已復留

詠武陵王左右伍暠傳梧

可歎不可思可思不可見餘弦斷琵柱殘朱染歌扇

有所傷三首

寂寂暮檐響黯黯垂簾色惟有瓺甋苔如見蜘蛛織

入林看碚礧春至定無賒何時一可見更得似梅花

遊戲長楊苑攜手雲臺間歡樂未窮已白日下西山

遊人

胥肢本獨絕眉眼特驚人剉自無相比還來有洛神

絕句賜麗人

散誕垂紅帔斜柯插玉簪可憐無有比恐許直千金

遥望

別來顦顇久他人怪容色只有匣中鏡還持自相識

愁閨照鏡

可憐片雲生暫重復還輕欲使荊王夢應過白帝城　浮雲
綠葉朝朝黃紅顏日日異譬喻持相比那堪不愁思　寒閨
婉娩新上頭湔裠出樂遊帶前結香草鬟邊插石榴　和人渡水
蕭子顯二首
金羈遊俠子綺機離思妾春度人不歸望花盡成葉　春閨思
二月春心動遊望桃花初回身隱日扇却步斂風裾　詠苑中遊人
劉孝綽詩二首
菱莖時繞釧櫂水或沾妝不辭紅袖濕惟憐綠葉香　遙見美人采荷
采菱非采菉日暮且盈舠踟躕未敢進畏欲比殘桃　詠小兒采菱
庾肩吾詩四首
歌聲臨畫閣舞袖出芳林石城定若遠前谿應幾深　詠舞曲應令
故年齊總角今春半上頭那知夫壻好能降使君留　詠主人少姬應教
委翠似知節含芳如有情全由履跡少併欲上階生　詠長信宮中草
蘭堂上客至綺席清弦撫自作明君辭還教綠珠舞　石崇金谷妓
王臺卿同蕭治中十詠二首

空度高樓月非復五三年何須照牀裏終是一人眠　蕩婦高樓月

歛容送君別一歛無開時只應待相見還將笑解眉　南浦別佳人

劉孝儀詩二首

金鈿已照曜白日未蹉跎欲待黃昏後含嬌度淺河　詠織女

蓮名堪百萬石性重千金不解無情物那得似人心　詠石蓮

劉孝威和定襄侯八絕初笄一首

合鬟仍昔髮略鬢即前絲從今一梳罷無復更縈時

江伯搖和定襄侯八絕楚越衫一首

裁縫在篋笥薰鬢帶餘香開看不忍著一見落千行

劉泓詠繁華一首

可憐宜出衆的的最分明秀媚開雙眼風流著語聲

何曼才爲徐陵傷妾詩一首

遲遲衫掩淚悶悶恨縈胸無復專房日猶望下山逢

蕭驎詠袙複一首

的的金弦淨離離寶襵分纖腰非學楚寬帶爲思君

紀少瑜詠殘鐙一首

殘鐙猶未滅將盡更揚煇惟餘一兩燄纔得解羅衣

王叔英婦暮寒一首

梅花自爛熳百舌早迎春逾寒衣逾薄未肯懷腰身

戴暠詠欲眠詩一首

拂枕熏紅帊回鐙復解衣傍邊知夜久不喚定應歸

劉孝威二首

古體雜意

朔日大風霜寄事是文傷葉落枝柯淨常自起綦張

詠佳麗

可憐將可念可念直千金惟言有一恨恨不逐人心

玉臺新詠卷第十終

後敘

右玉臺新詠集十卷幼時至外家李氏於廢書中得之舊京本也宋失一葉間
復多錯謬版亦時有刓者欲求他本是正多不獲嘉定乙亥在會稽始從人借
得豫章刻本財五卷蓋至刻者中徙故弗畢也又聞有得石氏所藏録本者復
求觀之以補亡校脫於是其書復全可繕寫夫詩者情之發也征戍之勞苦室
家之怨思動於中而形於言先王不能禁也豈惟不能禁且逆探其情而著之
東山杕杜之詩是矣若其他變風化雅謂豈無膏沐誰適爲容終朝采綠不盈
一掬之類以此集揆之語意未大異也顧其發乎情則同而止乎禮義者蓋鮮
矣然其間僅合者亦一二焉其措詞託興高古要非後世樂府所能及自唐花
間集已不足道而況近代狹邪之說號爲以筆墨動淫者乎又自漢魏以來作
者皆在焉多蕭統文選所不載覽者可以覩歷世文章盛衰之變云是歲十月
旦日書其後永嘉陳玉父

昔昭明之撰文選其所具錄采文而間一緣情孝穆之撰玉臺其所應令詠新而專精取麗舍此而求先乎此者惟尼父之刪述耳將安取宗焉今案劉肅大唐新語云梁簡文爲太子時好作豔詩境內化之浸以成俗晚欲改作追之不及乃令徐陵撰玉臺新詠以大其體凡爲十卷得詩七百六十九篇世所通行妄增又幾二百惟庚子山七夕一詩本集俱闕獨存此宋刻耳寞山馮已蒼未見舊本時常病此書原始梁朝何緣子山厠入北之詩孝穆濫擘箋之詠此本則簡文尚稱皇太子元帝亦稱湘東王可以明證惟武帝之署梁朝孝穆之列陳銜并獨不稱名此一經其子姓書一爲後人更定無疑也得此始盡釋羣疑耳至若徐幹室思一首分六章今誤作雜詩五首以末章爲室思一首之顛顛廷之秋胡詩一首作九首亦沿其誤魏文帝甄皇后樂府塘上行今作武帝已誤直作甄后大謬傅玄和班氏詩誤秋胡詩沈約八詠舊本二首在八卷中其六首附于卷末自是孝穆收錄其合作者止此故望秋月臨春風刪去登臺會圃四字昔之分刻尚存史闕文遺意今合刻遂全失撰者初心此皆顯失敢不詳言至于字句小異茲固未可悉呈矣苟不精考雷同相從轉展傳會與昔人本旨何與故今又合同志中詳加對証雖隨珠多纇虹玉仍瑕然東宮之令旨

還傳學士之崇尊斯在竊恐宋人好僞葉公懼真敢協同人傳諸解士矯釋莫資逸駕終馳焉耳崇禎六年歲次癸酉四月既望吳郡寒山趙均書于小宛堂

玉臺新詠宋刻本出自寒山趙氏本孝穆在梁時所撰卷中簡文尚稱皇太子元帝稱湘東王可以考見今流俗本為俗子矯亂又妄增詩幾二百首賴此本少存孝穆舊觀良可寶也凡古書一經庸人手紕繆百出便應付蠅車覆瓿不獨此集也

錢牧翁跋